青春的述说·90后校园文学精品选

高长梅　尹利华　主编

阳光也害怕孤单

尚子义　著

九州出版社
JIUZHOUPRESS｜全国百佳图书出版单位

图书在版编目（CIP）数据

阳光也害怕孤单/尚子义著.—北京：九州出版社,2014.3
(2021.7 重印)
（青春的述说：90后校园文学精品选 / 高长梅, 尹利华主编）
ISBN 978-7-5108-2767-9

Ⅰ.①阳⋯ Ⅱ.①尚⋯ Ⅲ.①小小说 – 小说集 – 中国 – 当
代 Ⅳ.①I247.8

中国版本图书馆CIP数据核字（2014）第041977号

阳光也害怕孤单

作　　者	尚子义 著
出版发行	九州出版社
地　　址	北京市西城区阜外大街甲35号（100037）
发行电话	（010）68992190/3/5/6
网　　址	www.jiuzhoupress.com
电子信箱	jiuzhou@jiuzhoupress.com
印　　刷	北京一鑫印务有限责任公司
开　　本	710毫米×1000毫米　16开
印　　张	9.5
字　　数	146千字
版　　次	2014年5月第1版
印　　次	2021年7月第7次印刷
书　　号	ISBN 978-7-5108-2767-9
定　　价	32.00元

前言

随着中小学课程改革的进一步深入，我们欣喜地看到，许多学校的校长、教师对校园文学与课程建设、学校文化建设紧密关系的认识，上升到前所未有的高度。

有识之士认为，校园文学对于学生完善自我、陶冶心灵、挖掘情商、启迪智慧，培养想象力和创新精神，具有其他教育形式不可替代的作用。作为学校教育重要形式和载体的校园文学，在学校的课程中得到了充分体现，占有了一席之地。

我们更欣喜地看到，许多学校在校园文学作品进入阅读教材、校园文学创作融入写作教学等方面做了大量行之有效的探索。他们认为，阅读教材中引进校园文学作品，使阅读教学内容更加丰富、新颖，贴近学生的生活、思想和鉴赏兴趣。紧密联系校内外各种实践活动，创造契机，搭建平台，让学生适当进行课外的文学创作，使课内外写作结合，促进了写作教学改革。

正如《第三届全国校园文学研究高峰论坛宣言》所说的那样：校园文学走进课程，是语文学科建设和改革的重要抓手，有助于学生综合素质的培养、语文教学效率的提高、语文教师专业化水平的提升以及整个语文学科的改革发展。

　　这套 10 本校园文学作品集，作者都是 90 后，他们的生活、他们的思想、他们的情感，与现在的 90 后乃至 00 后读者是相通的。我们相信，这些作品会和这些读者产生共鸣，从而达到我们出版这套书的目的——为读者提供一套他们真正感兴趣的、接地气的作品。

目录

目录

002

第三辑　锦瑟年华

目录

第五辑　守住幸福

目录

第一辑

时光静好

蒲公英的成长被风吹散

我走出医院大厅的一瞬间，眼前的世界倏忽放大明亮起来。刚刚愈合的伤口，就像浮在天空中薄薄的云彩一般经不起风吹。我怕想起你的名字，亲爱的羽，这个夏天我们都要试着张开双翼，自己飞翔了。

时间并没有因为我的疼痛而停止。

犯病的时候，春天才迈着步子姗姗来迟，如今，它已是成片的樱花飘飘洒洒。记得上次我生病的时候，你的嘴唇贴着我的耳郭轻声细语地告诉我：其实很多人，从未远离，他们正以樱花下落那秒速五厘、轻柔恬静的速度靠近你。

当我正在为你这句美妙的话语痴迷到哭的时候，你又不紧不慢地说，你忘了这话究竟是在哪本书上看到的了。

我知道，秒速五厘米是幸福的速度。而如今，我一个人坐在台阶上，看着落花，忍不住潸然泪下。

一个盛装绿色，热情似火的季节又如约而至。有多少人的足迹停在了那个和风煦日、春暖花开的季节无法前行，有多少人还会在梦中忆起那个与你牵手嬉笑、旁若无人穿街过巷的孩子，有多少人又在光阴流转、花开花落的一瞬间走失了梦想，便开始吊儿郎当任其堕落。

就在朝夕更替的刹那，刚才还是两个人肩并肩、手牵手，彼此拥抱着不肯放开，嘴里说着永不分离的话，一转身便只剩下我一个人形单影只，孤身上路。

羽，我仿佛看到有一片云，纯白的，向着大海的方向飘去。我们的身影一起出现在沙滩上，宁静的阳光和徐徐的海风相互掺杂着落在金色的沙粒之上。你蹲下来抚摸一只贝壳的成长。远远地朝着你的背影看过去，多么乖巧善良惹人喜爱的孩子，仿佛是深蓝色的大海上浮起的一朵精灵。我想象着我们未来依旧在一起成长和玩耍的情景。突然，你捧起一朵浪花向我飞奔而来，我还没有来得及躲开，你那干净如空气的笑声和浪花一起落在了我的脸上，打湿了的几缕刘海又被你轻轻捋开。然后你就指着我的额头说："翼是三毛，小屁孩……"我还一句话都没有说，你自己就笑得前俯后仰。

十年前，我们就这样傻傻地许下一起看海的承诺。

过了十年，我们都还没有见过海，我们的承诺还在，可我们却不在一起了。我们像两朵毛茸茸的蒲公英一样被成长的风吹散了，一个落在北方，一个飘往南国。

那是一个被月光蒙上一层白纱的夜晚，我们趁着看门大爷去上厕所的时间，偷偷溜进县城破旧的电影院，坐在一个不会有人注意的黑暗角落里看正在放映的《哈姆雷特》。

那时候，我们还小，多么希望拥有一把神奇的扫帚，然后像哈姆雷特一样勇敢地去飞翔。我们渴望拥有神奇的魔法，一伸手就能变出一颗颗大白兔奶糖和一张张画着蜘蛛侠的卡片。或者，我们只是想用魔法变幻出永远的友谊和彼此，留住那些美好的岁月和相互拥有的快乐时光。只是，那个时候，我们真的还小，还不懂得人情世故，还不懂得"人有悲欢离合"，总以为自己的想法就是无可反驳的真理。我们也不知道，哈姆雷特和魔法只是人们美好的幻想。

而它，却在偷偷摸摸中娱乐了我们的童年，不单调、不乏味，仿佛是一支彩色的画笔，在我们童年的记忆里画满了装着湛蓝天空的透明窗子。

"假如你是哈姆雷特，你也有魔法，你会用它干什么呢？"你在我的眼前伸出双手，像极了一位技艺精湛的魔术师在表演偷梁换柱。尽管角落里光线暗淡，我仍然可以看清楚你那清澈如水的眼眸里溢满了的纯真和快乐。

"嗯——嗯——，我，我要变出很多很多的大白兔奶糖，还有干吃面，那样的话我们的课间就能没完没了地慢慢咀嚼，再也不会因为追逐打闹而被老师在课堂上罚站了。然后还要变出漂亮的文具和书包，好看的衣服和鞋子，大大的教室和房子。"我比画着的双手在天空中旋转出一个大大的圆，好像我真的可以画出一座房子似的。

你笑了，捧腹大笑。我想，定是我那瞪圆的眼睛和夸张的口型，在暗淡的光线中已经扭曲变形也说不定。

"就这么点出息呀，一颗奶糖就能满足你？"你调皮地翻着白眼看我，满脸坏笑，嚷着要变个魔术给我看。

果真，一颗大白兔奶糖在你的手中横空出世。

我惊讶极了。你的两只手明明是空着的，怎么双手合十吹一口气便吹出了一颗奶糖呢？

你说："我双手合十，带着万分的真诚向菩萨祷告，这颗奶糖是菩萨赐给我的呢。"

我的眼睛轱辘一转，抢过你的奶糖，稍稍有些怀疑地问："哥，是真的吗？"

"不信？不信？不信，你试试！"你那古灵精怪的眼神紧紧盯着我的手，细脖颈上的小脑袋在我面前左摇右摆。

我正低着头准备剥开糖纸，可是它又跑到你的手里去了。

我学着你的模样祷告，心中百般虔诚、万般敬仰，小心翼翼地吹气，小心翼翼地打开双手，可是大白兔奶糖从始至终都没有光临我的手心。

我急得要哭了。你却慢慢剥开糖纸，把诱人的糖块放进了嘴里，用四颗并不怎么整齐的门牙叼着。你鼓着两腮朝我伸过头来"嘿嘿"地笑。

"哼，不理你了。"我假装生气地转过身背向你，耷拉着脑袋斜着眼睛用余光看你。

你显然看穿了我心思。"好啦，不逗你了。一个小气鬼，我怎么惹得起！"原来你只咬了一半，把剩下的另一半递过来送进我的嘴里。

今年我过生日那天，收到一份来自长沙的包裹。脱去邮递包装后，是一个天蓝色的盒子，它贴着白色的镶边漂亮极了。一只粉红色的蝴蝶结落在盒盖中央，丝毫没有被挤压过的痕迹，想必你一定对邮差千叮咛万嘱咐了它的重要性。

一张白色的卡片：小鬼，生日快乐。

一直记得，我们的诺言，那片蔚蓝的海。

此刻，我的窗外，樱花轻轻落下，秒速五厘米……

一盒大白兔奶糖。我将它们倒出来放在蓝白相间的床单上，细数一遍，没错，真的是六十六颗。六是我最喜欢的数字，你竟然让它好事成了双。

我想这该是我年少最美好的纪念了。二十年就这样匆匆走过，每个人的心里都留下了永远无法忘记的人和事。

亲爱的羽，你永远是我最珍贵的礼物，应当和这六十六颗大白兔奶糖还有海一样颜色的包装盒一起被我永远珍藏。

亲爱的羽，我永远忘不了你在毕业晚会那天，含着泪光点名唱给我听的歌，那是张杰的《年轻的战场》和《我们都一样》。

亲爱的羽，还记得你说的幸福是樱花降落的速度，还记得破电影院里的《哈姆雷特》和会魔法的你和不会魔法而且小气的我和我们一人一半的大白兔奶糖。

亲爱的羽，而我却忘记了，半个月前你的二十岁生日。我就是一个傻瓜，竟然还在病房里抱怨你没有来看我，傻傻地认为是自己一个人在独自慢慢感受手术和成长的痛苦，是自己慢慢变得寂寞。

二十岁，是一个必须长大的年龄。它一定会是一个大大的分水岭，把我们的人生分开在南北两面，一面向阳，一面背阴。

如今才惊讶地发现：原来，我们的生日都在樱花飘落的季节。

多想，在这个时候和你一起拍张照片，和你一起紧紧拥抱，和你一起灿烂地微笑，和你一起还像十年前一样吃同一块奶糖……

可是现在我们长大了，天南地北，千山万水。在时光悄无声息的蠕动中，太多承诺从指缝中溜走，所有的愿望都不再强烈了，就像天上的星星一颗一颗陨落掉，慢慢地就算整个夜晚一片漆黑，也不会有人觉得惊讶和不习惯。似乎童年和故乡都被无声的风儿吹远了，越来越远，直到在我的视线中模糊不清，在遥远的海上形成一座孤岛。

而我们，一起长大，一起十岁，一起二十岁，二十岁后，一个向南，一个往北。亲爱的羽，难道我们就此天南地北，远隔天涯了吗？

总会在夜里睡熟的时候梦到你，听见你唤我小名的声音由远及近。你拉着我的手奔跑在放学后回家的路上，然后悄悄地把你最心爱的扇形贝壳塞进我的书包里。第二天你会问我看到它了吗，你说："千万别弄丢了，它是我最心爱的扇贝，像你一样。"

我在自己和梦的对话中醒来。皎洁的月光，安静明亮，透过窗纱落在我的脸上。我想，这个时候的我一定是童年时的模样，一定还是十年前，那个喜欢把你叫哥的孩子。他，还没有长大。

睡在寝室蓝色的被罩和床单之间，仿佛躺在海天相接的地平线上。我不由得想起我们的承诺和童年，不由得想起海和那些无法割舍的眷恋。小的时候，十岁的我，十岁的你，十岁的羽翼形影不离。

亲爱的羽，你有做过和我一样的梦吗？

大城市的喧嚣躁动，让我日夜不得安宁。我每天把自己载在公车之上穿街过巷，来去匆匆。在拥挤的人群中，我们越走越远，一点一点远离了那个养育我们的家乡和那眼清甜透彻的泉水，一点一点远离了年少的纯真无瑕和曾经的珍贵友谊。为了学习、工作和生活而疲于奔命，有了爱情、家庭和事业，便没有太多的时间放在彼此身上。

如今的很多时候，我们只好把彼此装在心底，强迫着自己学会沉默和疏远。成长，让我们学会了丢弃，把过去的某些东西卸下来悄悄放在心底，轻装启程，才能在未来走得更远。毕竟年少的我们都已经长大，时光已经走远。而你，永远是我生命中最美的相遇，始于年少，止于永恒。

我们约定的时间又快到了，农历夏季，六月六日的那天，我们一起去爬家乡的那座山。曾经，我们坐在那座无名的山头上指着远方的白云和天空，一起奔跑在低缓的山坡上呐喊和欢笑，躺在草地上的高大茂密的银杏树下乘凉，站在小城的制高点上俯瞰在街道上乱窜的汽车和行人。

在下山的时候，你说："十年后，我们都会在哪里呢？"

"我也不知道。"我当时真的没有想过那么久远后会发生什么，觉得十年后对自己来说真的好远，而如今想来却是一瞬间的事情。

"也许你去了大城市，我还在小城中生活。"你朝着我笑了笑，转过头去的时候明亮的眼神瞬间暗淡了，透出莫名的忧郁和哀伤，让我的内心轻轻一颤。

十年后，我们都没有留在小城里。而你却比我走得更远，去了南方的水乡，那个更靠近大海的地方。也许每晚夜深人静的时候，你都可以躺在床上静静聆听海的声音，然后把白日里所有的劳累和烦恼统统抛弃。我想，这该是多么美好的一件事情啊！可是，亲爱的羽，你生活的南方真的是这样吗？

一直记得你拥有魔法的那个夜晚，哈姆雷特般的神奇表演让我目瞪口呆。可是你始终都没有告诉我，那颗大白兔奶糖是怎么变出来的。哑谜打了十年，现在可以告诉我了吗？我也想拥有魔法，然后变出一个神奇的礼物给你。

亲爱的羽，用你的魔法，带我回到十年前，好吗？你放到我嘴里的那半颗奶糖，真的很甜。

原来阳光也害怕孤单

夏天又要来了。

去西安城南三十里的汤峪泡温泉的人多了起来，最多的时候，密密麻麻的一片黑，像暴雨来临前的蚂蚁。

我爱在古城慵懒的早上出行。那时，朱雀大街上的行人零零散散，六路公交车也不会满座，环城公园里有打太极和跳秧歌的老人，也有些许色泽清雅的风筝高高地飞在广场上空，偶尔会有一个俊秀帅气的同龄人从身旁跑过，他看起来朝气蓬勃，很快便消失在绿树掩映的长街尽头。

经过护城河的时候，我站在拱形桥上看盛开的莲花。花瓣上含着露珠，在晨阳的斜照下七彩飘散，每个颜色的光束上都有一个不同的自己，浅淡的是年少，粉色和翠绿的是现在，深蓝和紫色的是未来。

这才发现，每种颜色都会给自己找个伴，原来阳光也害怕孤单。

童年·羽

窗外的阳光轻打在树叶之上，伴着风声沙沙作响。我正伏案写作，羽的样子和童年景象就突然在我的脑海里冒了出来。

那是多么干净让人留恋的年岁啊！

我们会在初夏的山头，采到大把大把的花束，有的沾着露珠，有的涂着阳光。有一种野花，我一直叫不出它的名字，你也一样。小小的花朵六七瓣，外围是浅浅的蓝色，往里一圈纯白如雪，最中间是淡黄的花蕊。现在想起来，会觉得它像天空，蓝色的是天，白色的是云，黄色的是太阳。

我们会在仲夏的夜里，早早爬上房顶数星星。每当黄昏的时候，晚霞织锦，整个西天红彤彤、黄灿灿。我们陶醉在自然界无比强大的力量变幻出的神奇世界中，会傻傻地想，西天到底有没有大耳朵的如来佛祖，南海究竟有没有救苦救难的观世音菩萨，漂亮的七仙女会不会在这个时候起了思凡之心，偷偷飞出天宫……

哎呀，那个时候，我们真是傻傻的小孩。

"你有没有看见，月亮旁边有颗很亮的星星？"你明亮的眼睛里闪着光，转向我的时候像水花。

"哦？我怎么没有发现呢？"我伸出右手拍拍你的肩膀，然后搂着你，相依为命的感觉。

"你看，就那颗，最亮的那颗，就在月亮的旁边。"你用手指着天空给我看，小嘴不停嚷嚷着，声音里透出一种单纯而又莫名的委屈，仿佛除了那颗星星，此刻的整个世界都与你无关。

"可是，老人们都说，星星最亮的时候，就快要消失了。你知道吗？"我在被雨水冲刷干净的红色瓦片上躺下来，在薄薄的夜幕中素面朝天，瓦片残留着阳光的温度，温暖直抵心田。

"我觉得这颗不会，它一定能够永恒，像你一样。"

你诚诚恳恳、真真切切，傻傻的样子逗笑了整片夜空，星光璀璨、熠熠生辉。而我却沉默了，悄悄闭上眼睛装睡。

果然，十几年过去了，月亮旁边的那颗星星还在，不仅如此，还愈发明亮起来，像我们的友谊一样，永远是我心中最为闪光的美好记忆。每当伤心难过的时候，我就会一个人站在高处静静地看它一会儿，然后心情就会慢慢好起来，人生又多了光彩。

少年·翔

翔，是留在我生命中最为深刻的一个字。

初中的时候，每日上课下课，上学放学，复习考试的日子都是你陪我度过的。是你让我记住了有一个成语叫作形影不离。

可是每次走出校门，我们都要背道而驰，一个向东，一个往西。我想，这定是上天特意安排的，好让我们每天都在相逢和告别中成长。

翔，你真是善解人意的孩子，与我情同手足，对我的关心无微不至。在我生病的时候会送我回家，在我考试退出前三名的时候鼓励我加油，在我的文章被同学嘲笑多么浅薄的时候站出来帮我说话，在我丢了生活费没钱吃饭的时候，你总会把从家里带来的纯牛奶分半袋给我喝，掰开半个馒头递到我的手上，在课间跑到校园外面的小商店买了干吃面，放学的时候悄悄塞进我的书包。

那时候，我的内心是多么脆弱，会在嚼着馒头的时候背过身一个人流泪。感动就是一瞬间的事情。而那段日子，我就是在这样的感动中默默长大的。我一直保留着干吃面里面的魔法卡片，它一直静静地躺在我的日记本里，成为我成长中最为珍贵的礼物。

我们是面朝东方长在沃野中的两株紫荆，你左，我右，你从不抢我的雨露和阳光，却总会帮我挡开狂风暴雨。

十三岁那年的某天某节课，我拿出新买的铅笔刀削铅笔，不小心把刀片划到了你的胳膊上，划开一道深深的口子，当时就流血了。我看着溢出的鲜血，心里隐隐打战，小心翼翼地帮你扶着胳膊去医院包扎伤口，生怕弄疼了你。医生说最好缝几针，不然伤口愈合比较慢，还会留下明显的疤痕。而你却坚持不缝，只说包扎就好。

我记得你曾告诉我说你是最怕疼的，你一定是害怕针线穿过皮肤的疼痛，而你却把我用刀子划伤身体的疼痛默默忍了下来，像真的不疼一样说没事的。

初中毕业那天就像发生在昨天一样清晰，历历在目。我们站在宣传栏后面躲开火辣的太阳，宣传栏的红榜上还写着我们的名字，我左，你右，我们都在第一栏。你用手机拍了我们的名字，说这样美好的事情要留作永久的纪念。是啊，学生谁不想考第一名呢。

那时候，你问给我取个名字叫"飞"如何。我是飞，你是翔，那我们就是真的兄弟了。我却不同意，觉得太俗太土太不雅，现在后悔了，可是我们再也没有机会一起飞翔了。逝去的光阴，只能留在记忆里珍藏，永远无法倒回去重新来过。

青春·静

开花的季节最美，飘雨的季节最伤。季节如此，人生亦如此。

而我最喜欢的是六月，它不光有我的生日，还有与你的相遇。

我不得不说你是最懂我的女孩。从你转学来的那一刻，我就这样认为了，直到今天也不曾改变过。

你转学来的那天，六月的午后雨过天晴，整个世界清新爽朗，七色的彩虹从天而降。初次相识的我们并排站在教室外面的走廊里，双手倚在栏杆之上一起看美丽的虹彩，一起谈心，一起在风中微笑……

如今，我竟连你身处何地、是否安好都无从知晓，只是隐约听同学说到，你去了大洋彼岸。我想，那该是幸福的吧。

仿佛回忆掉进了大海一般，我再也打捞不起你的踪迹。有时候，我会站在山顶四处张望，飞鸟、流云，一切都只在我的眼前短暂停留，很快便会飞走，远去，最终消失。

佛说，前世五百次的回眸，换来今生的一次擦肩而过。那么，你懂我了，这该是多么深的缘分呢？

也许，我们都不知道，那就让时间来作答好了。

你爱读我写的文字，还会拿去给其他人看。你做了我的首席读者，当然也是最佳读者。我是快乐的，总会在你的死缠硬磨后把文章背后的故事讲给你听。每次听完，你都会轻轻叹一口气、默不作声。我知道，一定是我生命中那朵明媚又忧伤的花朵，悄悄被青春之风吹落到了你的心底。

久而久之，这成了一个习惯，我的成长在你的面前透明一片。

有时候，你会开玩笑地说："尚子义同学，你知道吗，我转学来就是为了第一个看你的文章哦。"

你的样子清纯如水，弯眉、大眼、皮肤白皙，扎着马尾显得青春阳光，活力大方。我说，你这样的面孔和气质是要上电视做演员的，不然真的可惜了。

你只是微微笑一笑，出水芙蓉般亭亭玉立，挂在脸上的笑容会有刹那间的僵硬，然后眉头轻轻一皱："你真是个让人心疼的孩子。"

也许你不知道，孩子是最容易把玩笑当真的。

我的寝室里有个爱抱着吉他边弹边唱的男孩。夏天的夜里太热，他会坐在床头轻轻弹唱《彩虹》这首歌，专注、深情，双眸中流露出无限遐思，深邃的眼神让我捕捉不到他埋藏在心灵深处的那份伤痛缘何而起。

每每此时，不知是路灯的光线还是月光从窗户落进来，他的声音便在不知不觉中忧伤起来。安静的寝室里，记忆缓缓流动。

月光仿佛记忆，不停地绕转在我的睫毛间，最终深入眼眸，融进血液泛滥开来。

夜静，如你。

未来·梦

弟弟说："很多东西放在时间里就能看得清，要么越走越远，要么越走越近。"

这一句看似平淡无奇的话，好像小魔仙一样法力无边。过去如此，现在如此，未来一定也是如此。

从孩提记事的时候开始，到如今弱冠成人，二十年的光阴匆匆而过。暖暖的阳光一路相随，伴我成长。不管是羽，是翔，是静，还是弟弟，都是我生命中难能可贵的伴侣。童年，少年，青春期，有了你们，我无时无刻不沉浸在成长的喜悦之中，原本成长的忧虑和伤痛统统被你们的笑容冲散。

我知道，现在的你们都在远方，羽的江南水乡，翔的藏地天蓝，静的异国他乡，然而弟弟正在为即将到来的高考忙得焦头烂额，我坐在风扇旁，静静地写下关于你们的回忆，满心的感动。

此刻，窗外的树叶遮住阳光，落下大片大片的阴凉，闪烁在树叶上的光芒不停地朝我微笑，像羽，像翔，像静，像弟弟，我不由自主地嘴角上扬。

夏天不热，远方不远。

被火车带走的孩子

喜欢聆听车轮摩擦铁轨发出的声音，看着车窗外的风景发呆，这会让我产生一种行走和成长的感觉。我不喜欢待在自己的地方，比如故乡的山村，比如上大学的城市，比如那个连河水都没有的小镇，也不喜欢每天看着周围相同的建筑栖息安居，行走在同一条路上磨破鞋底，呼吸着同一座城市的空气无所作为。我觉得这很悲哀，至少是年轻的悲哀。如果这样的生活遥遥无期，我想我是无法继续存在的。

十六岁那年，我第一次坐上火车离开家，远行他乡。

当列车缓缓把我带出延安火车站，驶出延安城，飞越在陌生的大地之上，铁路两旁的迤逦风景充满了我的视野，我满心向往、激动不已。尽管只能站着，拥挤的过道里寸步难行。那时我还不知道火车上有厕所，很不解那些人为什么来来去去走个不停。

当我意识到自己正在走出大山要去外面的世界看看的时候，心中激动的感情无法言说，全然没有对陌生世界顾虑和畏惧，仿佛自己是一个无数次出过远门的人。陕北的孩子，很少有我这样的。实际上，贫穷的童年里，我没有离开过那块家乡的土地半步。电视里面大城市的霓虹闪烁、灯红酒绿；江南水乡的古朴小镇、溪水悠悠；海岸沙滩的温软阳光，海风徐徐……都让我心驰神往，让我迷醉。

从小我就有一个梦想，希望可以在那些漂亮和美好的地方日夜穿梭。长大之后，我知道这叫旅游。所以我对火车总有一种过分的垂涎，觉得它是远方的象征。我喜欢让它把我带去远方，把我的足印留在遥远的世界里，那是留在心灵上纯洁的感悟，然后再把远方的纪念和我一起带回家乡。

那年夏天，古城西安雨水不断，迎接我的是瓢泼大雨和火车站深深的积水。接我的朋友和我都被淋得湿透了，落汤鸡一般挤在一把伞下躲雨。而我的心情没有被影响，在大雨之中我们坐错了公交经过钟楼的时候，我瞪

阳光也害怕孤单

大了眼睛往窗外看，一层一层的雨帘划过，锐化了的灯光和马赛克了的钟楼在我的眼前模模糊糊。被我向往多年、被同学们谈论多次的钟楼近在眼前，我多想走下车，在雨中不远不近地看着它，就那么看着它，然后走过去轻轻地抚摸它那饱经沧桑的砖瓦和红柱，感受多年的心愿慢慢得到实现的喜悦。

十七岁那年，对海的爱恋在我的心中愈演愈烈，我无法控制自己，便在讨得父母不反对之后，背起书包踏上征程。

从那开始，我的任性连我自己都开始钦佩了。赶上春运高峰，转了五次车从初七早上走到初八深夜才到达目的地。在火车上屁股一路都不曾挨过座位，我被拥挤在人群中，有时候会挤得一只脚踩不到地上去。我带着去山东送人的狗头枣，那是我家乡的特产。一路上我像母亲护着小孩一样把它们护在怀里，可还是被挤扁了，心中久久惋惜，只觉得对不起朋友，竟带了些坏的东西给他们当作礼物，心里暗自歉疚起来。

到了才记起当时是冬天。山东也是北方地区，北方的冬天是萧条寒冷的，而我是最怕冷的，我觉得来错了时间，就不由自主地想起了家乡的那句俗语：不听老人言，吃亏在眼前。我走之前，爸爸妈妈曾多次劝诫过，但我一意孤行终于尝到了苦果，这才觉察到年少气盛不尽是好事，凡事都应三思而行。

好在朋友一家热情，对我礼遇有加。翔是山东人，随爸爸妈妈做生意来到陕北我们那个小县城，前一年年末不知因为什么就搬回去了。相信世间万事都是有缘分的，本来远隔数千里的我们也能相聚一堂，正是这种缘分成全了我第一次看海的愿望。当我们坐在汽车上，一点一点接近大海的时候，仿佛有一种灵魂即将触碰到上帝的感觉。海洋之于我，那么遥远、那么近……

这个时候去看北方的海，自然是不能尽兴的，本想站在海里拍张照片，可在寒冷的季节对我这样一个怕冷的人来说是万万做不到的了。翔和翔的爸爸妈妈带我去了青州的云门山，风筝之乡潍坊，济南的趵突泉，还带我去吃淄博的"天下第一"烧饼，去逛当地凤凰山的庙会……翔之父母待我之好让我感动，看海不成他们竟觉得心中亏欠于我。

我在元宵节的早上坐了一夜的火车回到延安。每年正月十五，延安都有秧歌会，此日之后，红红火火的年味便渐渐退去。我钻在人群中看秧歌表演，曾经我也做过他们中的一员。

在北国，冬天是一个不宜出行看海的季节，因此我会深深地爱着夏天的旅行。

十八岁那年，火车把我从家乡永远带走了。我知道这一次出去，我将再也不属于故乡的大山和那一个没有河流的村庄了。

我肩负着几代人的心愿走出大山，这是真正意义上的走出大山。十年寒窗，终得金榜，祖上世代面朝黄土背朝天，唯我一人今朝求学将成。坐火车去上大学并没有给我带来心中窃喜，反而是别人说大学的自由和可以去很多地方让我念念不忘。当我在那个秋天，深夜十点走进大学校门的时候，我迷失了，一种无法言明的忧伤悄悄涌上心头。原来大学，也被圈划在一方院落之内。

学校和家，我会选择家，家和火车那头的世界，我会倾向后者。我喜欢在火车上，一站又一站地到达，然后一站又一站地经过的感觉。我的火车，永远没有终点，随时准备开往下一站。

坐在火车上，我总是希望能得到一个靠窗的位置，然后就默默地看着窗外的每一处风景，不管车厢内是多么嘈杂喧嚣，都与我无关。我是一个孩子，我永远喜欢外面的世界。可以听着自己带的音乐，不喜欢旁边的人在这个时候打扰我。这样的宁静和淡泊是难得的，我逃离了都市，在火车上、在另外一个世界里，我是陌生的，我们都是陌生的。陌生的，才是最快乐的。

我去了安康、宝鸡、渭南的很多县，是那里的风景和文化吸引了我，是那里的人让我牵挂。"想去一个地方，往往是因为那里有被思念的人。"我总是在为这句话做着一次又一次的诠释。只要是通了火车的地方，我都会选择乘坐火车，并不会在意是不是空调特快或者绿皮了，只要坐在火车上就可以让我静静地沉下心来，忘却烦恼，充满快乐和自由，好像我轻盈地飞在车窗外面，火车到哪，我就到哪，不牵强，不刻意，一切都是自然的。自然的，多好。

火车带我走进汉江之滨潮湿的空气，我漫步江边，薄薄的夜幕轻滑下来，身后的城市街灯四起。在等待朋友到来的时候，一个人抚着石柱呆呆地站着，目光凝视着江水，平静的思绪牵挂着尘世里来来往往却曾与我结缘的人。宝鸡的秦岭山脚下有浅浅的溪水，苍翠的树林，蓝蓝的天空和白白的云朵，火车的铁轮声带我穿越周秦遗址，进入这一片遥远的净土涤荡心胸。有人说：去年他来这里，山上的老人还曾问他，当朝的皇帝是谁。他无法作答，便笑而不语。渭南蒲城那一望无际的西瓜地，远远地从车窗看过去就让人心生喜悦。我本是路过，但因了那份喜爱便在蒲城下了车。农家人的屋里虽装饰简单，但也质朴大方不落俗套。本着既来之，则安之的心态，我便在朋友家里暂住几日，一道游览了皮影之乡华县，西岳华山，韩城的司马迁祠，刘志丹渭华起义的纪念馆等很多或有名气或名不见经传的地方。谢罢友人，依依惜别之后，我又轻轻擦拭玻璃上的污垢，窗外风景无限。

因了火车相伴，十八岁的我不曾蹉跎年华。而如今每每深夜入眠，呜呜的列车声便在耳边响起，进入我的梦中。

时间这么快、这么快，光一般地从我眼前跑掉。

我十九岁了，蓦然回首，虽一路风尘，却不曾感到疲倦。在大千世界里游走于美丽的山山水水之间，让我变得宁静，成熟，处事不惊。在火车上得到的成长，是我年少岁月中最大的收获。远方，那些原本遥不可及的地方，那些千山万水相隔的异域他乡，两条铁轨，一列火车，便进入了我的视线。

仲夏时节，一群青年才俊相约山城重庆，以文学之名共商成长发展之路。我也曾借此机会一览雾都之美，金佛山之秀丽，竟在无意之间结识了一帮志同道合的朋友，相见恨晚。远飞与我有缘，相识已久却不曾相见。夜，漫漫无边，火车在隧道中飞驰，我们谈天说地，畅所欲言。在这样的时候，我是更喜欢倾听的，便听来一位挚友知己，以兄弟相称。这么多年，我一直有一个简单却永远无法实现的愿望：有一个亲生的哥哥或者弟弟，一个人太孤单。

夏天是我最喜欢的季节，其实我喜欢的是她的夜。我与远飞坐的那列火车，就从西安的夏天驶进重庆的夜里去了。

曾经，我还是个孩子的时候，就被火车带走了。下一刻，我依旧会在火车上度过，马不停蹄地穿梭。

青春，在你睁开眼睛的时候睡着了

昨天夜里，弟弟打电话给我说高三真累，他有些没法坚持了。我才又想起我的高三，本以为高三就那样会在我上大学后默默远去，不料今天想起竟如此记忆犹新。

那些匆忙的脚步承担着日渐消瘦的身体，那些课桌上堆得高过头顶的备考资料，那些伏案耕读夜深人静依旧不眠的背影，所有关于高三熟悉的场景都涌上脑海，一时间，我心里充满了感动，竟然感觉到那段日子如此珍贵，冥冥之中，一直念念不忘。

高三的时候，我没有了看星星的习惯，早晨也不去草坪上晒太阳和看露水了。每天在闹铃声中起床，洗漱之后趁着夜色未尽，走过长长的寂静无人的街道。有时候会在学校外边的早餐店吃顿早餐，有时候就什么也不吃直接去教室看书了。太阳总是在不知不觉中升起，室内的灯光渐渐暗淡，最后就什么作用都起不到了，随之而来的就是一整天无休止的上课学习。直到深夜，白昼的喧闹即将消亡殆尽，我们在一阵沉闷的铃声中合上书本。然而总有人，彻夜不眠。

小星曾不止一次在课堂上睡着。当他醒来的时候，总会有一摊口水流在桌子上，像放了一颗透明的五角星。起初小星还会有尴尬的表情，久而久之，次数多了，就习以为常、视而不见了。前段时间，在和他的一次通话中，我们还谈起这件事，彼此喜乐开怀。如今他再也不是曾经那个爱睡觉、爱流口水的小孩子了，他在一所名牌大学攻读管理学专业。仔细想想，曾经的很多人，现在不都和他是一样的吗！

高三那段时间，我们弄丢了太多的自由和快乐，只为能走进那个象牙塔；高三那段时间，我们忘记了日期和时间，甚至忘记了吃饭和休息，没有多余的想法和做法，只把学习当命，只把大学当未来和人生，我们都怕在那根独木桥上被挤得掉下去。我们每天都会把很多精力花费在对大学的想象中，然而想象终归不是现实。有人最终还是失败了，有人却饱尝成功的喜悦。我没有太多情绪需要表达，一切还算正常，还算满意。不管怎么样，只要努力，便可坦然于胸。自问对得起家人、朋友、老师，便是最大的满足。

走进高考考场的时候，窗外的雨下个不停，滴滴答答的雨水敲在了每一个考生的心里。有些人会因此而紧张得写不出一个字，只顾傻傻地坐着，焦急地等待着，迟迟无法落笔，有一种环顾四周举目无亲的感觉。他们所有的付出就随着一场雨落付诸东流。一切都那么始料未及，谁也不想看到，谁都认为不会发生的事情最后还是发生了。

高考是残酷的，不管你给它多少眼泪，它都不会还你一丝同情。我目睹了很多同学无助的目光，我知道，那一刻只有我，被他们的目光深深震撼了。

考试的那两天，雨一下就没有停过，一直下到结束，所有的警戒和禁止鸣笛都被取消。当考生在雾水和细雨相遇的下午走出考场的那一瞬，一场盛大的战争结束了。精疲力竭，我们看着青春散场，默默无语。

高三，那被称作黑色六月的年代离我远去。我站在雨中，怅然若失，难得的轻松之感，瞬间袭遍全身。

柏林说，怎么就这样结束了，还真有些不舍。其实不舍的又怎么会只有他一个呢？这一年，我们仿佛在梦中度过。当结束之后再去认真回想，每一个画面和字眼都开始变得感动起来，每一个早起和晚睡的日子都那么让人怀念，甚至到了不忍心走开的地步，希望时间可以停在这里。然而天下没有不散的宴席，青春之中，我们既然相遇，就注定别离。

只是，我们谁也没有想到，高三那年，青春就在你睁开眼睛的时候睡着了。

所有人都被时光雕琢成木偶一只，高三的我们是一群傻傻的小猪，表情慵懒地晒着知识这束阳光，面对书海，历经十年寒窗，已经变得麻木，对成绩的变化早已不喜不悲。偶尔会在课堂上被老师的话语和表情逗笑，只是似笑非笑，所有的笑容无比干瘪和牵强，也都会在最短的时间内恢复平静，仿佛什么都没有发生过，沉默是无法取代的主旋律。

仍然记得你不小心把一瓶水打翻在课桌上，都不曾起身去拿抹布来擦，任它在桌面上流动，浸湿了刚刚写好的作业和书本。最终那杯水被蒸干在空气中，桌面上留下的只有水垢的痕迹，皱皱巴巴的书本依然被捧在手中翻阅。一如我们的记忆，高三那段时间，我们没有多余的力气去做任何一件事，如今回想起来，原来那个时候的生活里只写着一个词语：学习。我们的高三，只留下了被蒸干的水垢一般的回忆。

如今，已在大学度过一年，本以为会被大学精雕细琢，做成一件精致的工艺品，摆上高档商品的柜台，可是谁知却被做成了一件仿制品，弃于古玩市场的赝品行当之中。在它的模具中走过之后，我们千人一面，也发现自己被空闲冲淡了斗志，颓废堕落的情绪默默生成，光阴之中，我们已把理想忘记，

谁能料到，青春，在你睁开眼睛的时候睡着了。

阳光已至，干净如初

寝室的窗户被换了两块新做的玻璃上去，干净极了，阳光透过来照在我的床上，把我紧紧包裹，让我感到了秋天的温暖。卸下的旧玻璃，如同西安在九月连阴雨后散去的阴霾，都将永远离我们远去。故都西安的十月，温暖如春。我喜欢这样的季节，可以吻着温暖的阳光午睡，可以在白桦林泛黄的树叶下行走，可以在沾着露水的早晨去操场上跑步……

我已经无法禁得住这种阳光的诱惑，早已翘起嘴唇微微发笑。空气中浮起缓缓的波浪，一圈一圈荡漾，一丝一丝蔓延，一股一股钻进我的血管，流遍全身。我仿佛得到了新生，全身上下涌动着一种新的生命元素，快乐、兴奋，好像我的皮肤正在一点一点变白皙，我的模样正在一点一点变年轻。或者我简直就是一个婴儿，才呱呱坠地，才睁开眼睛看到这个世界，眼前

的世界就是两块玻璃，透明的、纯净的。

很久没有这样的感觉了，时间是世界上最优秀的魔法师，他的双手可以改变一切。转眼之间，把一群单纯的孩子变得世故；转眼之间，把一个春天变成残花一片；转眼之间，把我们的相依相偎变成相思远隔天涯；转眼之间，时间的魔法之花又要开花结果了。

我总是会收到来自远方的信。你在信中说：义，春天就这样悄悄走了，就像我们默默的成长，童年就这样悄悄走了。你说你喜欢夜晚，说你喜欢夏天，我知道其实你喜欢的是夏天的夜晚。

我总是会在读信的时候感动。我想起了你告诉我你的家乡住在大海边，你可以躺在铺着凉席的床上听海风的声响。夏天的夜里，还有满天的星星，遥遥的海面上泛着波光粼粼。每当这样的时候，我就会记起小时候写的那首诗：

星星都是孩子
围着月亮在动
我们都没有梦
我们都是夜空里
轻轻柔柔的晚风

我知道，海成了我永远的向往。她像我小的时候外出的母亲一样，被我时刻惦念着。我一直在想，如果有一天我站在一望无际的大海的边沿时会怎么样？可爱的海，她会叫出我的名字吗？

很久很久没有早早休息过了，晚上的我总是长坐桌前。有时候看看书，有时候写写字，有时候发发短信聊聊天，有时候就什么也不做，只呆呆地坐着，听着音乐，看着窗外。我看着看着，就会觉得窗外流动着一片无边的海洋，事实上，那些都是远处起伏绵延的山峦。其实这样，真的很好。无边的夜色，会让你寂寞，也会让你快乐。

我们没有必要非把青春演绎得那么青涩，那么疼痛。其实我们，都是经不起时光打磨的孩子，无论什么时候，只管把伤害和不快乐忘记，转身抬头之后，也许我们就会遇上另一个知己。

青藏的天空总是让人无法不爱的。青蓝的天，你总是用这样的署名发短信给我。我们是多年的笔友，我们有多年的友谊，就像那辽远的青藏天空，博大的、纯洁的，就像我的寝室里，那两块刚刚换上的新玻璃，给我带来温暖的阳光，在这深秋树叶泛黄的季节。

青蓝的天，我曾不止一次想象你奔跑在草原之上，犹如圣洁的格桑花从湛蓝的天空中飘过。天空永远留下了你的痕迹，淡淡的香味飘散着，仿佛一直飘进了我的梦中。

青蓝的天，我总想拥有一双你那样干净的眸子，自从你给我看过你的照片，我就开始不再喜欢自己的眼睛；自从那年的夏天开始，我就爱上了夏天，也爱上了青藏那青蓝的天。

我想有一天，我会属于那片青蓝的天。

高中的时候，爸爸妈妈吵架，便把气撒在我身上，我觉得委屈，就想去那片天空下找你。那时候我单纯地认为，那是一个没有忧伤的世界，没有烦恼、没有争吵，或者连多余的人都没有。

默默地成长，我不止一次地对自己说：我想流浪，去大漠、去青藏、去水乡。

总是莫名地感伤，也许这是所有孩子的通病，也许这是这个年龄无法避免的伤痛。没有它，青春就不能叫作青春了。

我会站在盛夏的清晨去看一朵夜里悄悄盛开的花，不回头，不眨眼，一直看到她害羞地准备把自己藏在叶子下面，一不小心便抖落了满身的露珠。我自认为破坏了她的美，便赶紧转身，匆匆离开。回到家里，我依旧会坐在沙发上想她，呆呆地想整整一个上午都不会觉得累。

那个时候的花是最美的，清凉的露水也许就是她的眼泪。第一个看见她的人，是我。我是幸运的。

寝室里有个弹吉他的少年，他爱唱歌。嗓音不清晰，有些沙哑，弹唱的时候总是会把周围的人忽略。我们都知道，他走的是这个风格。我们都知道，他投入了就会忽略我们，他便得到了真正的快乐。

很多个夜晚，子夜或者凌晨，舍友们在他的歌声中睡去。这个时候，他总是弹唱那些怀旧舒缓的歌曲。而我们都不知道，夜里的他几时入睡，夜里的他是否曾伤感落泪。

今年去东北上学的朋友打电话告诉我，黑龙江下雪了。我有些不敢相信，只是树上的叶子黄了，季节还早。也许他是真的想家了，想朋友了，还有想我了，他才会说，这里的大学不好，他不想读了。我不禁感叹，南方的他，能否经得起东北的酷寒，而且带着浓重的思念。

自从七月与好友共同乘车一夜去了重庆，涉及南方水乡的温柔之后，我的心情便变得更加细微，竟然在不知不觉中，养成了天天登录飞信的习惯。这或者是一种守候，或者是一种等待，或者是一种满足，或者什么也不是，只是生活中一段过去就不会再被记起的往事。

从小到大，我相信别人对我说过的话，最近才明白，那是相信承诺。那么就让我们记着北京的约定，记着上海的梦想，记着江南如画我们曾写过同题的诗歌，记着长途汽车站那不被形容的眼神，记着那份惦念的心情和不被遗忘的生命。

秋天转眼就会过去，如果我们还没有整理好自己的情绪，还没有温暖自己的心。那么赶得紧点吧，冬天也许在这话音落下的时刻就会如约而至，洁白的雪花就会飘飘洒洒。银装素裹的世界里，雪花反射着太阳的光，我们相互搓着手、哈着气，青春如此美丽。

远方

一提到远方，我就不由得想起家乡。

小的时候，从来没有想过：有一天，家乡会成为心中的远方。那个时候总觉得远方是个浪漫的地方。

总觉得远方应该是天南地北，离自己远的不可企及的地方。黄河水的源头会让我感觉到远，去城里看每年正月十五的元宵会让我觉得远，听收音机上说荷兰的风车、法国的莱茵河、美国的夏威夷也会让我觉得远。

现在我明白了，远方不仅仅是距离很远的地方。

我们每日进出同一所学校，或住在同一座小城的街头巷尾。我们曾经是极好的朋友，而如今每日相遇数次，却相视无语，话到嘴边却不知从何说起。直到最后，原本是在街上闲谈信步，每当看到对方的时候便变得脚步匆匆。

这样的时候，你的心灵就成了我的远方。

爱在晚上的时候，去公园散步。坐在阶梯上看天上的星星，看着看着就会在眼角落下一滴泪水。星星在天上，却不是我的远方。

不知道是什么时候，广场上的音乐停了。跳街舞、滑旱冰、赏喷泉、看灯的人统统走了，留在这里的还有一阵风，一些灯光和这安静下来的夜，以及无家可归的我。

夜阑人静

不知是什么时候，晚风吹落了山头的夕阳，把白昼的喧嚣和燥热缓慢消退。此刻已是夜阑人静，整个城市泛起一层霓虹闪烁的光波。行走在大街之上，仿佛也能感受到一丝惬意，一种难得的轻松。不足的是就自己一个人，心底略略有些失落。人，是不能没有心灵依靠的，就像这长长的大街，不能没有左右的楼房为它挡开四周袭来的空旷和寂寞。深夜会刮来暖暖的凉风，暖暖的、凉凉的，深夜静静的，脑子中会忘记很多……

二十七八度的高温让我认为夏天已经来了，我是喜欢夏天的，喜欢她的夜。这个季节，夜深人静的时候，星星总没有睡意，像我一样。她点缀在天幕上做着自己喜欢的表情，眨眼、微笑、偶尔皱皱眉头，扯疼了整个天幕，就会落一滴泪，划破苍穹。夜幕中，星星都是孩子，围着月亮在动。我会依窗而望，霓虹、繁星、淡淡的天空和那静泊天边的白云……

夏天的夜，也是有语言的，夜的语言，总是会带来思念，舒缓的、绵长的。远处墨色的山体，安静地沉睡着，像是冬眠还没有醒来的庞然大物。城市的上空会时不时地飞过几架飞机，夜行的灯光，像是萤火虫尾巴尖上的光亮一样单薄，仿佛只要有微风轻轻一吹它就会熄灭一般，总让我提心吊胆。一阵急刹车的声音，破坏了宇内这浑然天成的静谧。我猛地抽搐，天空有雨滴落下……

心之所向

我喜欢看窗外那些行走的风景。

莫名地，心中隐隐作痛。

我转过头的时候，看到的都是街上三三两两行走的人。

人生，在每一次迈开脚步之后前进。他们全部走向自己的目的地，政府或者医院，法庭或者墓地。我整日栖息象牙塔内，氤氲的书香气息弥散四周，身上总有东西在成长、消散。

开始无休止地怀念童年，尽管我的童年是贫穷和苍白的。

我开始日夜关注窗外的那条街，那条街道上的行云流水总是从我的心上流过。

想念

这几天，连日阴雨不开，思念便在心中疯狂生长。

今天早上躺在被窝里，无意间想起自己曾写的一句话：让张杰唱出海的声音，你是我寂寞回首仰望的星空。

这些年来，有些事情很美好。相遇，爱，快乐，幸福，我明白了很多。想念也是一种幸福，这种幸福可遇而不可求，生命应该永远为他保持单纯。

冥冥之中，很多事情让我感动。我承认很多事太易让我感动，很多人太易让我上心。我便有了那么多的想念。

下雨天

雨下了整整一天，不曾停过。

早晨被电话铃吵醒之后，便听到了窗外滴滴答答的雨声。我知道的，西安就爱在这个季节，在夜里悄悄下一场雨，一夜雨下过之后就不会停了。淋湿了昨夜的那个带着想念的梦，和今天清晨悄悄升起的风筝。

去火车站接一个名字叫作希望的朋友，他是昨天夜里到的。一大早的公交车上只散散地坐着几个人，车窗外细雨朦胧，广场上稀稀疏疏地蠕动着晨跑的老年人。这样的时刻是惬意的，应该被每个爱着生活的人享受。

可我意识到，西安是一座懒惰的城市，像个躺在被窝里不想起床的孩子。

他永远都不会长大。

他永远只喜欢下雨天。

他永远都喜欢下得不大不小的雨。

我喜欢不被闹市打扰的早晨，就像现在一样。多希望这个时间可以定格，或者储存起来，在某个适当的时候拿出来，然后把自己放进去。可以去坐一趟没有几个人坐的公交车，可以看看那些沾着雨水飞翔的风筝，可以看看不多的老人脸上洋溢的笑容……

下雨天的城市是安静的，我们在街市上行走，看不到熙攘的人群，没有摩肩接踵。

一张火车票，就把今天带入永恒。

时光静好

昨天晚上，躺在邻铺的舍友把 QQ 好友分组点开、合上，合上、点开，一遍又一遍地重复这个动作。有时候会低着头凑近了手机屏幕盯着一个彩色的企鹅头像看上老半天，好久之后点开了对话框，好久之后输入了几个字，却删掉，再输入，又删掉，就那几个常用的字来来回回输入删除了好几遍。犹豫半天之后，还是关闭了对话框，那一行文字消失了，或者它们从来都没有出现过。

或许那个企鹅头像的主人，也做着同样的动作，同样凑近了屏幕去看，同样淡淡的忧郁略显凝重，同样反复输入删掉了那些文字。然而那些文字终归只在自己的屏幕上出现过，手机毕竟不懂得人的感情。

还记得趴在大雪地里画马蹄和梅花的情景吗？纷纷扬扬的雪花飘飘洒洒出一个冰清玉洁的世界，我们谁也没有多余的想法。我把天长地久写在雪地上，站在一旁看雪花把那些字迹的凹痕填满。你拍拍我的脸蛋说："小染，你的天长地久不见啦！"是啊，雪花毕竟不属于正常天气，天晴之后，太阳之光自然会把它消融干净。

还记得那年毕业那天落满校园的雨水吗？要好的同学彼此之间三三两两走出教室的时候，那一刻，我们的青春散场了。我站在一楼大厅里望着外面淅沥的雨滴束手无策，早晨的时候还是湛蓝天空、白云朵朵，转眼之间便是曲终人散尽，潇潇细雨声。脑海中一幕一幕，心中只剩下一阵一阵的感动。只好用一句烂透人心的古语安抚自己：天下没有不散的筵席。

青春，是一滴眼泪落进阳光里，不相融，却制造出另一种不为人知的美丽。

那年秋天，我曾邂逅知己，十八年前同年同月同日生的人。懒散的秋阳落山之后，秋叶飘飘，各种各样的叶子落满一地。一场清薄的凉雨洒过之后，眼前的世界便温馨四溢。你说我们之间缺乏坦诚，就像建了一堵墙，挡住了阳光，没有了当初明亮。渐渐久远之后回想起来，其实静默之中，各自依然安暖于心。

不知道从什么时候开始，我晚上再也不会做梦了。爱上夜色、星空和街上的路灯，午夜过后的我还不曾入睡。那些音乐响在床头，白纸上渐渐渗出一行行宁静带着寂寞的文字。我知道，那个孩子又中了文字的毒。

总会被早晨的时光感动，会把一只高翔长空的风筝当作鹰，为它的勇气和自由而轻叹。阳光在露珠的散光下，会让你看到自己的青春，这是一个心如止水的时刻。每天清晨对着天空说：青春不忧伤。

耳边总是会在某些时候听到小 A 又和女朋友分手了，小 B 又买了一把木吉他搞得宿舍像个乐器市场，小 C 又收到样刊拿稿费去买新书……习惯了身边的一切。一切都在时光中安之若素，静默成长。

最近看到白云贵贵的一篇文章《在一首歌的时间里想你》，或许一首歌听罢之后，就再也放不下心中的想念了。

友谊于时光中安然若梦

羽是我的儿时玩伴，童真童趣的日子都是他陪我一起度过的。

十二岁那年，过完儿童节，他去了美国，之后就一直没有回来。

羽一直用 E-mail 和我保持着联系。我们两个人的成长、快乐和友谊就在信号的传输下漂洋过海、往来不断，延续着属于童年的那份美好。

久而久之，我们之间非但没有疏远，反而更加亲密无间了。

这次，羽从美国回来，说好了我去机场接他的。

一出机场，羽便说笑不停，显然他比以前更加开朗快乐了。

三月的阳光透过玻璃，像在水中划过一样从车窗落进来，映在我们的脸上。羽还像六年前一样发出干净爽朗的笑声，却比从前多了稳重，多了清秀和荡漾在脸上的那种阳光帅气。

原来微笑真的可以使人年轻。

车内小小的空间是属于两个孩子的世界，他们的记忆相互重叠。在清新阳光的照耀下，显得干净明朗、天真无邪。那些遗落在流年里的万千情景，便都浮现眼前。水灵的眸子里，澄澈的泪花带着笑意旋转不停。

一对发小，彼此多年不见，如今都刚刚步入成年。也许在漫长时光的消磨中，留在儿时记忆中的痕迹都被悄悄打磨殆尽。然而彼此相见相拥，喜笑颜开的种种，都只能说明荏苒时光中，除了年龄，一切如故。

我终于相信了那句话：很多人，并没有远去，他们正以樱花下落，秒速五厘、轻柔恬静的速度靠近你。

秒速五厘，是幸福的速度。

大多时候，只是我们无法打开心窗，拥阳光入怀，就于无形中委屈了这个世界，误以为是它变得冷漠了。其实不然，只要我们在静默中悄悄回想，便会发现尽管时光变迁不停，始于最初最真的那一份安暖从来都不曾改变。

就像赏花品茶一样，不耐心不安静便没了景致，再好的画面和甘霖都

会如萧萧冬日一般索然无味。

　　我和羽两人，蜻蜓点水般穿街而过，晃晃悠悠行走在早已变了容貌与十年前翻天覆地大街小巷之间。眼前的一切，最熟悉，也最陌生，最古老，也最清新，宛若落在雨后的彩虹，一场雨落，一道彩虹，只是雨与彩虹从来都不尽相同。

　　在熙熙攘攘的人群中，我们渐行渐远。远远地留在众人眼中的背影：

　　青梅竹马，两小无猜。

日薄西山的月亮很淡

　　突变的思维和想法，已经让青春走到另一种状态里面。

　　我缓慢挑起草丛里的夕阳，任缠绵往事、忧伤情节抖落一地。不远处就是起伏绵延不断的山峦，静静的，我的小城和我躺在她的怀抱里面。

　　建筑工地里面旋转的塔吊车，一次又一次从我的眼前转过，像转动着青春那些匆忙无知的岁月。

　　我看到一幢幢高楼拔地而起，而我的青春却在日渐萎缩，年少的快乐渐行渐远。我是从来不喜欢用忧伤装束自己的，我的文字也曾温暖过那个寒冷的冬天。

　　日薄西山的月亮那么白，像一个人逐渐暗淡了的容颜。白云远远地环绕在它的四周，露出一片空洞的天空。我不知道，这是为什么。我只知道月亮也不喜欢寂寞，可是浩瀚星海中的月亮只有一个。

　　黄昏在我的生命中消失很久了，也许是因为忙，也许是因为曾经看得太过厌烦了，也许是因为别的什么……不管怎么样，夕阳依旧会在这个时候染红那片天。

这么多年，一如既往。

一个生命唤醒了我内心的另一种性情。我越来越喜欢这句话：彼此都有感觉的朋友才是最难得，最珍贵的。但愿吧，这个世界里还有这样一个人，一群人……

厌烦了一座城市，没有理由，就是一刹那的事情。就像一直爱着水乡，从来没有变过一样。汽车行走的声音，我一直都不喜欢听。对海的向往，我一直放在心里。还有我的那句诗：这个世界／没有流星／只有海的声音。

钟情于过去，没有人会像我一样怀旧。总是到一个地方待几天，然后就不想走了。感觉永远都是那么准确，我的心里放着太多太多……

文字是暗藏心底的一把刀

一大清早，父亲就开始把我的书从柜子里一本一本地拿出来，统统整理好，然后装进一些小盒子里。我们要把家搬回农村老家了，我感觉我们在县城借居七年，如今要带回去的只有我的这些书。

那一摞摞崭新的、从来没有被翻动过的书，被认为是我六七年来唯一的成绩。

那些书都是我的，却没有一本是属于我的。

未曾读过几本书，却在文学的世界里进进出出，苦耕不息。每个人都有自己的追求，走在这条路上，我不知道我的追求是什么。也许只是深藏心底，未曾爆发的那份虚荣。

曾经为了她，荒废了学业，也许有一天，为了她便荒废了一切。

拉开抽屉，里面放着厚厚一沓笔记本，全部写着记着我过往生活中那些零零散散的东西。早已走失不见的初恋，依旧美好如昨的友谊。或者一声欢笑让父母开怀，或者一滴眼泪让朋友心伤。

那些纸张上写着的是我的生活和宿命。那样的生活依旧继续着，永不停息，我不知道是喜是忧，或者什么都不是，百年之后，连浮云都不会记得，这个世界上曾有一个把文字当作梦的青葱少年。

一切都是默默的，默默地生，默默地死。我不喜欢那些太过嘈杂的东西，但这并不影响我追求快乐，阳光是属于每个人的，我不会拒绝她。

文字是暗藏心底的一把刀，划伤的都是那些有心的人。

成长和快乐

每个人从小到大都有很多故事，不同的是有的人记住了，有的人忘记了。有的人感动，有的人被感动。有的人在故事中成长，有的人在看着别人的成长故事。我想过了，我要做前者。我是一个怀旧的人，虽然现在的我很快乐，但那并不代表我没有忧伤，也不代表我会永远快乐。

前些天，一个朋友在长途汽车站送我离开的时候，心底的留恋和不舍无法言表，让我倍感忧伤。他让我等一会儿，几分钟后提着香蕉和一瓶水走上车来，对我说："带着在路上吃吧。"香蕉是我最喜欢的水果，而他记着我的这个嗜好。我为能有这样一位朋友而深深感动，长途汽车站里的伤感气氛也被无边放大。我不知道该快乐，还是该悲伤，心中百感交集。

他说一路平安，我看了看他，欲言又止，最终什么也没有说。我在心里想，也许这就是人生，就是聚散离别。

时间是一到无法愈合的伤口，会在你的成长中留下深刻的痛。大伯的去世，仿佛让我的成长一下子得到了飞跃。"天有不测风云，人有旦夕祸福"，我开始把这句话挂在嘴上，为人生祈福。我开始相信自然规律，开始相信哲理，相信前人们所说的话。我开始沦为一个信徒，一个虔诚世俗的信徒。

我对周围的人说，人能活着就不错了，身边的一切都会转瞬即逝，好好珍惜那些本不该错过的。每个人都是一个中心，身边围着一群人。每个人的喜怒哀乐都不是一个人的事，牵动着每颗关心你的心。

从小学、初中、高中，一直到大学，我早已厌倦了学校里那大同小异的作息时间，和上课下课从不间断的机械运动，一如万千学子怨声载道。应试教育的确是一个刑场，斩杀了很多个性张扬的人。然而此时此刻，我们难以找寻出更好的体系来取代他，我在这个时候学会了适应。

我觉得适应也是一种成长，成长在那些我们无法改变和背叛的东西中间。

李白是一个写诗的人，他成长在字里行间，成长在游山玩水、煮酒论剑当中，这种成长就是他的快乐，无法取代。

学生成长在校园的琅琅读书声中，农民工成长在建筑工地的砖瓦泥块中，农民成长在面朝黄土背朝天，日出而作，日落而息的恓惶岁月里。每个人的成长都不尽相同，我们不能错怪任何一个人，因为谁也不曾错怪我们。

一路走来，不管在意或者不在意，留心或者不留心，都能拥有很多，都会在心底留下很多记忆。人，都是有血有肉有感情的，这一点毋庸置疑。言说看破红尘之人，只是坠入了另一个更加令人心碎的情感世界。

其实成长中的每一件事，只要我们静下心来细细咀嚼回味，它都是快乐的。

第二辑

花落成溪

"未名湖"畔

学校图书馆的后门口，有一摊小湖水。

上学的日子，当我在朝阳升起的时候走过湖边，我会发现，它是静谧沉睡一夜的校园中的一面明镜，清晨的靓丽，梳洗打扮着湖边的垂柳亭台与绕湖而行的莘莘学子。而在夜晚，当我伴着安详的灯光从它的身边经过，它荡漾着缓缓的微波，轻轻卷起层层涟漪，水波轻荡的尽头，原来是一对情侣甜蜜的笑声……此时的柳树侧着身子，静悄无语，几排灯光含羞地照在湖面上。

每个周末，我会为别的事情忙碌，从公寓一路向北，走出学校北门之后湮没在都市车来人往的喧嚣浪潮中。我的脑海里总会在不经意间闪出那一湾湖水的念想，它像一位冰清玉洁的处子，睡在书香四溢的楼丛中静静侧耳聆听良人经过的脚步，然而熟悉的声音久久不闻，舒展的蛾眉渐渐轻锁，挤疼了湖中的鱼儿跃出水面，平静的水面开始活跃起来。周末的天空总是很晴朗，清澈极了。此时的湖面应该升起一层淡淡的薄雾，缓缓地扩散，弥漫，带着书卷气息笼罩了我的图书馆、教室、餐厅、公寓……仿佛我一直都在有它的世界里迂回，在它澄澈明净的眼眸中行走于浮华聒噪的尘世之间。

我惊异于暮秋季节的一个黄昏。一场秋雨过后，气温微降，树叶在风中打着转儿飘落，一片一片地落在湖面上，像一叶叶小舟泛游于大江之上。此时的湖水明显多了，湖面高了许多，四周有台阶的地方，底下两级就被淹没在雨水中。我无意间清晰地感受到它那整洁而无边，宁静而辽远的状态，脑子中一闪念，仿佛萌生了禅的意境。

刚来大学，是在我熟悉环境的时候，无意间发现了一直静卧于象牙塔内偏安一隅的这摊湖水。当它出现在我眼前的时候，正值日薄西山，夕阳金色的余晖落下来，古亭的影子倒映在湖面上，一座小巧玲珑的拱形桥横卧在湖面最窄的地方，湖水四周绿树环绕，只有几道石阶通向外界，眼前的一切宁静而恬淡，美好的景色仿佛只能在梦中出现。在那一刻，好像置身于江南水乡，我陶醉着，满足着，遗忘着。事实上，也许它远远不能和水乡媲美，但仅此也足以慰藉我那时无助和失落的心情。或许四年大学生活中的喜与忧、苦与乐都会像秋阳一样洒满湖面。

三个多月的日子，一百个朝朝夕夕，我已完全融入这座古城，融入这所大学，我的心灵也追溯到了栖息的港湾。我是背井离乡的学子，肩负着几代人的愿望长途跋涉。我的象牙塔不是最漂亮的，尽管它也有一片未名的湖水，但不管怎样，我心安了。我把心灵寄存在校园里，寄存在这一湾湖水旁，让大学的馥郁气息去熏陶它成长、丰富、饱满。在四年的漫长岁月里，我可以日日穿行于湖水周围，去它旁边馆藏万卷图书的圣殿喂养自己，或许我是一只鹰，此刻的我已拥有双翼，却未曾长出长长的羽毛，我无力让大气中的气流把我托上万里云霄。我每日在它周围沐浴晨阳，聆听晚风，不寂寞、不孤单，生活也会过得充实、自在，心灵亦不会为世俗尘物所羁绊。一湾湖水就是我的眼睛，我用你看这世界，世界就一如既往的清澈、平静，没有风浪。

在我的家乡很少有这种景致。也许它也为万千世人所不屑，然而每当我行走在石子堆砌的湖水边沿时，总有一种难言的心情，总会俯下身子观察那些石子上留下了多少人的脚印，留下了多少岁月如烟的痕迹，留下了多少青春华年无言的慨叹。这些石子记录了成千上万人的成长，记录了他们的迷惘、探索与追求。我能想到或许每一颗铺排于水底的石子，都是一段青春浪漫爱情的唯美见证。每一对恋人的欢笑、亲吻，都曾引起湖面一层涟漪的动荡，久久不愿停止。总是这些青春的少男少女，打破了湖面的沉静，让它欢悦起来。它远离大海，远离河流，被囚禁于此供世人欣赏、玩乐，它是一潭死水，这是它的悲哀，也是我的悲哀，更是这个校园和这个世界的悲哀。

我没有去过大海，亦未曾触及水乡的温柔宁静。在我的面前，这片未名的湖水，就是一块胜地，供我在学习、读书、写作之余休闲散步，每一次相遇，都会让我的心情渐渐沉静，友谊、爱情、学校、社会，我都会把它们暂时放在湖水以外的世界，信步在湖水周围，或坐在石阶上回忆那些往昔的美好。嬉闹在那个下雪的冬天，相拥在某个盛夏的黄昏，还有弯腰

搓衣的母亲，辛劳归来的父亲……盈满眼眶的泪水轻轻滑落，或者不舍，或者感动，或者心酸，或者疼痛……这一切都化作滴落的泪珠融入这片湖水，那是我的过去。我的未来也终将会落进这片湖水……

物换星移，时代变迁，时光荏苒中各种各样的社会风气都已如空气般无孔不入地渗透进大学校园。我为能找到这样一方可供心灵休憩的地方而欢愉，尽管它没有甲天下的迷人景色，没有潺潺如歌的涓涓溪水，没有喧哗如虹的不夜闹市……

那片我绕你而行的湖水啊，让我用我年少的梦想给你做一个圣洁的比喻，这篇关于你的文章，就叫作"未名湖"畔。

冬雨落尽长安街

一个百无聊赖的周六下午，我独自一人在家，寂寞难挡。

于是我便锁了家门出去，企图在繁华大街上寻些欢乐，讨些开心回来。

走过长安街时，天空零星地落下雨滴。打在脸上，有种冰凉直抵心田的感觉。时已至冬，落下的雨便是冬雨。冬雨从来都是不会有温馨暖人之意的，毕竟不合时宜嘛。进入冬季，北方各地便会陆陆续地续飘起雪花，不管怎么说，有雪的冬天才叫冬天。而南方大部分地区若有降水也依旧淫雨霏霏，显得慌乱而且没有情调，给人以冰凉伤怀之感。西安虽为北方，可是千年以来长居于渭水谷地之中，此情此景更甚他处。

丝毫没有觉察到时节更替，季节便又入冬，一年又接近尾声。蓦然回首，一路走过虽是忙忙碌碌不见片刻消停，细细想来却一事无成，免不了引出声声叹息，心中悔意四起。加之雨水透凉，路上行人匆匆，便不由得在心底生出万千感慨，不由分说。

漫长的长安街，南不顾北、北不见南，唯我一人不紧不慢，就这样迈着碎步从北边一直走到南，再从南端踱着步子折回北去。路遇的行人都是陌生的，刚才那个啃糖葫芦的小女孩还曾对我微微一笑，那个外国的游客操着很不流利的汉语问我钟楼怎么走，那个卖地图的大妈拿着一沓西安旅游地图走到我的面前……凡此种种，在古城长安屡见不鲜，对此多数人是不予理会的，而我总会很不自觉地去多看一眼，不知为何，或者根本就不曾为何。只是心中，多了一份别人不曾有过的情愫吧，我想它应该是温暖的，至少能在这寒冷的冬天让人心生暖意。

我慢慢地习惯了过着被别人遗忘的生活，曾经如胶似漆的恋人遗忘了，曾经关爱有加的父母遗忘了，曾经相亲相爱的姐姐遗忘了，曾经形影不离的朋友遗忘了。仿佛曾经的一切都不再是我的，一转身就恍然远逝。属于我的，只是记忆，简单而且苍白，复杂而且凌乱。漫长的冬季是我最不想拥有的，它的寒冷我无法忍受，它的萧瑟和孤寂总会让我的眼里含满泪水，然后一个人站在长长的街道尽头不知所措。然而造化弄人，生命之中多半事难如愿。这清冷的冬天，又在我的身边刮着呼呼的北风。

本着一种闲庭信步的心情出来，随便走走、随便看看。长安的街道上，仍有不曾开败的花朵，在两条马路中间光彩照人。微细的雨丝缠绕着梧桐树叶飘飘洒洒。有的转几圈落到地上，在行人的脚步下面目全非；有的会飘到马路中间，趁着乘客开窗透气的瞬间一溜烟儿钻进汽车里去了；有的则调皮得像个孩子一样在你的眼前摇摇晃晃，似乎有话对你说，却欲言又止，最终也没有吐出半个字。我不禁想起我的家乡，如今早已光秃一片，大雪封山。白发苍苍的爷爷又应该站在路口，倚着那棵参天白杨在岁月侵蚀下的粗糙树皮，向着土窑洞正对着的山头瞭望……

家乡的冬天总是有雪的。那雪下得洁白，总是悄悄地在夜晚把整个大地涂抹一遍，第二天你便不忍心踩一脚下去，只好一整天窝在家里嗑瓜子、看电视、打牌，或者睡觉，做些无聊的事情，不管怎么说也是一家人在一起，暖烘烘的屋子里其乐融融。

突然想起早晨妈妈打来电话略带些感冒的声音说外婆病了，在住院。我想回家的心思已在心底积蓄多日，听过母亲一席话后就开始疯狂生长起来。无奈分身乏术，周围琐事缠身，终究只是心动难以行动。人长大了，

第二辑 花落成溪

说小了就要为生活考虑，为家庭操劳，说大了还得为社会服务，为人民贡献。而我不曾发达，就谈不上兼济天下，甚至在竞争激烈的当今都难独善其身，求索于滚滚人潮、遍地精英中难以安身立命。

我立定脚步，在一家服装店的玻璃门前看一眼自己，不料镜中人容颜憔悴，就像那冬雨飘洒下的花儿，显得苍白无力、奄奄一息。身后那些穿梭在玻璃门中的男男女女，在我的眼中显得不够清晰，仿佛彼此之间隔着光年一样遥远的距离。我本想伸出手感受一下他们的存在，可是伸手的瞬间却是比这个冬天更冷的冰凉落在我的掌心里，触摸到的画面亦是如铁冰凉。

转身之后，路上的行人明显稀少了。有几滴水珠顺着眼角落下去，不知是雨是泪，只是汽车挡风玻璃上的雨滴方才还清晰可见，现在已经模糊一片。我便顾不得周围是好是坏，匆匆朝着家的方向走去，待推开家门的时候，一股温暖袭面而来，寂寞和寒冷就被无情击退，心底残留的惆怅却久久难息。

去陕北看天

游离于故乡之外，行走在都市之中，我的心情一如闹市的街道，车水马龙、川流不息，心灵也渐渐失去往日的澄澈，不再宁静。古都西安的天空，也许是因为历史太深沉，总罩着一层似云非云、似雾非雾的东西，一片灰蒙蒙的世界，一年四季里，见不到一点干净的阳光，仿佛生活也过得混混沌沌。青春的日子里，我的阳光被遮蔽在天空之外，我仿佛是一条阴暗中的蚯蚓，蠕动在泥土中，暗无天日。

此时此刻，我不由得想起陕北的天，那样清澈辽远，无论什么时候的晴空，天宇总是蓝得没有一丝纤尘，纯净得让人不忍心呼吸。看在眼里的这一切，仿佛是一张来自远古时代遗留至今的照片，又仿佛是现代高科技制作合成的图像，让人不敢相信，如此美丽如梦的天空，在现代工业肆无忌惮的伤害中，竟会含泪而存、偏安一隅，而且如此美好，如此动人，如此让人心生醉意！我无法想象陕北这块古老淳朴的黄土地，是如何以她的贫瘠，孕育和守护着这片蔚蓝的天空，经过无数个风吹雨打的年岁，不但未减丝毫亮丽，而且愈发动人。

陕北的天，不高不低、不远不近。由于陕北地处我国半湿润半干旱的交界地带，水汽较少，一年中多数时间是一片晴空、万里无云。蓝的时候清澈如汪洋大海，如果此时天边泊着几朵白云，便像是停靠在西湖边几只待航的小舟。山里的农民们是最会享受这种景象的，在田地里劳作得累了，躺在黄土地上，睡进庄稼地里，向日葵的叶子遮过阳光留下几片阴凉落在脸上，清凉的微风拂过，渐渐吻干了脸颊上的汗珠。农民们眼里蓝天缀着白云，心里未来伴着喜悦，嘴角泛起一丝笑，仿佛整片天空也因此荡漾起一圈一圈的波浪，所有务农耕作的辛劳都被渐渐忘却……

陕北的天，庄严而且神圣，犹如一片明镜高悬在历史的天空中，从古至今，普照苍生，见证了华夏五千年的悠悠文明，映衬着近代中国燃起的星火燎原。桥山之巅的松涛阵阵，飘荡出祖国几千年历史厚重的嗓音，轩辕祭坛的绵延香火，在陕北的天空下穿过岁月千年，依然历久弥香。圣地延安曾经赤旗插遍，杨家岭先烈的英魂是圣地天空下永恒的回声。红都保安的红砂窑洞，温暖了中国四万万五千万同胞的心。子长瓦窑堡的呐喊，把统一战线喊遍祖国的大好河山。陕北的天，存留着那些不可忘怀的历史事件和永垂流年的不朽容颜。

陕北的天，明镜高远，让你的心灵安静地休憩在圣地高原，淡忘俗世的劳燕分飞，做回淳朴自然的自己。静卧陕北一隅，抬头望天，天之蓝，天之淡，天之清新，天之美无瑕疵，不觉让你心生爱恋、不忍离开。作为陕北的少年儿郎，家乡虽然偏僻落后，不及东南沿海经济发达，而我却为家乡在万物浑浊、百态萌生的时代，能依然固守最初的美好而自豪。陕北，仍然有一方明净的山水可供陶冶情操；陕北，仍然有一片湛蓝的天空可供愉悦心灵。陕北，仍然有一群默默的造地主耕耘于天地之间自食其果，就像她的天空一样不为世人所知晓，但他们的性情一如汩汩山泉般清澈，未

沾染半点尘世的污垢流淌于黄天厚土之间。我的陕北，在现代化的社会里依然淳朴着黄土的淳朴、真实着高原的真实。

陕北的天，阳光明媚，清新爽朗。陕北的阳光只透过空气落下来，没有阻隔，仿佛一层淡淡的薄雾湿润了整片天空。落在露珠身上，露珠晶莹剔透，折射七彩光芒；落在草木身上，草木欣欣向荣，一片绿波荡漾；落在小狗身上，小狗躺在墙角，浑身惬意的模样；落在你的脸上，脸色白里透红，绽放青春靓丽。陕北的天，你看到的只是流动的蓝色海洋，是海洋避风的港湾，海水不深不浅，颜色不浓不淡。站在陕北的天空下，空气清新醉人，一阵清风拂过，虽不及海风的温柔湿润，却也清凉沁人心脾。站在陕北高原上呼吸几口陕北的空气，顿时身心爽朗，不觉心旷神怡，藏在心底久久难开的郁结，便会瞬间释放、豁然开朗。你会突然发现生命依旧美好，人生之路依然充满美丽……

如果你走进陕北，你会为陕北的山川沟壑而惊叹，你会为陕北的历史人文而驻足，你会陕北的气候干燥而哀怨，但是你绝不会少了为陕北的天空清澈而赞美。陕北，一个以红色文化闻名世界的革命圣地，没有多少人会在意她的自然风景，更没有多少人会在意她的天空。而陕北所拥有的不只是革命，不只是红色文化，还有历史，还有人文，还有自然，还有她那美的无与伦比的天空……

月夜花开

宁静典雅的月光，透过窗子落进来，枕于耳边。一翻身，就被我看见了，再一翻身，便又不见了。整个世界泛出萤火虫淡淡的光亮，朦胧的光线装点的小屋和屋外的空间祥和而且温暖。小屋白灰粉刷的墙壁，一张床、一个桌子，没有多余的装饰，我一直都喜欢这样的干净整洁。

起身坐于榻前，窗子就在旁边。横拉了一半的窗帘，遮住了月亮半边的脸，不禁让人想起一句诗：犹抱琵琶半遮面。月亮是一个弹琴的女子，长得水灵，样子恬静，身体柔软。她的音乐就是眼前四散开来的月光，在这个声音中，有人安睡，有人凝望，有人思乡，有人望月泪沾裳……

推开窗子，竟然会有一股温暖的空气钻进来。春末夏初的季节，夜晚会给清晨留下淡淡的泪痕。明早起床之后，你会惊奇地发现，那些花儿开在太阳的散光下，芳香四溢。其实，就是在这个朦胧的夜晚，月光把她们轻轻抚开。

乡村之夜

农村老家的夜晚寂静到一种无与伦比的地步。我与这种夜色阔别已久，再次躺进她的怀抱，心底不由得生出一种难言的冲动。仿佛整个世界都有一种劳作良久，可以暂作休息的感觉。这种感觉像是爷爷安详地在唤我的乳名，这一切都在梦中发生。

不远处传来的犬吠不绝于耳。爸爸坐在院子里纳凉，像是在欣赏夜景，而香烟燃烧的火星一明一暗。天旱了大半年，地里的庄稼又不会有好收成。这一点，爸爸比谁都清楚。狗叫得愈加厉害，而夜晚除了它，就没有别的声音了。

我看到繁星满天，城市的夜空从来不会这样动人。

乡村是疲惫的，总是在夜里睡得很沉很沉。人们依旧是日出而作，日落而息，生活仍然充满节奏。他们的淳朴一如既往。

秋雨如斯

下课之后，我被一场秋雨困在大厅里面。

我是一个平时不怎么爱说话的人，便走来走去踱步于大厅之间。也许这是我的一个习惯，或许这是一种无奈的表现。总之，我们不管去做什么，都不是没有原因的。

常言道：一场秋雨一场凉。而这个季节，我却是牙疼上火。应了世间太多太多不寻常的事。我喜欢的夏天已经消失得没有一点踪迹了，如果冬天再来得太快，我会无法适应的。希望这场雨能下得久些、再久些。

谁也不会怀疑一个孩子说的话，那么秋天的雨就是孩子说给我听的话。

流水人家

闲步在渭水河畔，两岸青青的麦田一望无垠，暖暖的风儿送来夏天的味道。

偶尔会看到几株开花的树，也不知道它们的名字，心情却如蓝天白云一般温暖惬意。路旁的小花零星散布，路人总会时不时地驻足欣赏，调皮的孩子则把她摘走了，拿到鼻子前闻，放到妈妈的包里说很香，或者双手挥舞在天空中摇摆。

孩子爽朗的笑声，就像是一旁潺潺的流水，天空也因此变得晴朗。我会感动于这样一幅画面，这只会出现在宁静恬淡的自然之中，会让我想起遥远的故乡和远去的童年，还有那一花一世界、一叶一菩提的禅境。妙趣横生。

远处是高高的秦岭山，秦岭山上朦朦胧胧，仿佛一层雾，仿佛几片云，仿佛仙子飞舞在她的上空。

山脚下，升起的袅袅炊烟，与这傍水的人家被一条小路相连，石子铺排的小路还连接起了这山、这水、这个世界。

在这里，遥远的都市在我们的脑海中不复存在，灵山、秀水、朴素人家。旁边的农家乐不知道让多少人忘却尘世、远离喧嚣，亲近了家人，亲近了朋友，亲近了自然，亲近了爱。

在这流水人家的世界里，山是山，水是水，山山水水却不只是山水。

生存在这里的人们清澈、淳朴、干干净净，一种难以形容的天然气息，一种无法描摹的生存状态。这里是一个让人来了就迈不开步子走的世外桃源。

平日里的繁杂琐碎，那心乱如麻的思绪，抑或是纠结、焦灼、痛苦，在这里你都可以忘记。原本的世界，会让你拥有原本的心情，心无杂念、了然无痕。

我在想，如果可以在这里小住十天半月，我将会是另一个我，会以宁静恬淡的心态目睹世间的浮华喧闹，我将会拥有一个健康的好身体，一份愉悦的好心情。

冬阳之下

我喜欢有阳光的地方，就像向往氤氲水乡一样，无需缘由，一切与生俱来。

今天，又有一位朋友不辞而别，仿佛是阳光下的雪花，不知不觉便消失不见。我站在他的门外，阳光洒满一地。本想打个电话过去数落一番，可话音一起便是止不住的嘘寒问暖，嘱托路上小心，祝愿一路平安。

在我身上，阳光总会产生神奇的功效，仿佛大脑一样可以控制我的行为。

除了人，冬天的一切都是萧条的。

我站在冬阳之下，每一个从眼前经过的人都会带来一股冷风。而那些静止的，或者走动的，一切都是干涩而生硬的。一如好友的无声离开，悄然落在心里的情绪一般。

村庄的早晨

几只鸟雀鸣叫在窗外的柳枝上。

落尽了叶子的树枝，鸟儿便是最好的装饰。我一觉睡到自然醒，映入眼帘的是一幅大自然的画卷，美妙动人。

远山，都还没有醒来。农人家的房前屋后，炊烟弥散。在晨阳的斜照下，泛起彩色的光圈，云雾缭绕中，仙境一般。

上山拾柴的汉子，立在山头，吼了一嗓子信天游。回声在沟壑万千中不绝于耳，惊起鸟群飞舞。

太阳猛地一颤，升高了一大截。

浩瀚星空

冬天的夜里，看不到月亮。

回家之后的第一个夜晚，我走在乡间小路上散步、想事情。不经意间抬头看见满天繁星，令我欣喜若狂。也许是在城市住得久了，便忘记了天上还有星月。

不知道再在城里住上几年，我又会忘记什么？

忘记土生土长的家乡？

忘记父母的养育之恩？

还是忘记了自己姓甚名谁？

看到星星会让我想起童年写的那首诗，很美、很纯洁，没有一点忧伤。而如今，我在星空下却多了些许感动，多了些许迷茫。

冬天的夜晚，在星空下凸显出盛大的苍凉。无法比拟，唯心所动。

经过这么多年，每一颗星辰都悄悄移换了方位。

清新雪晨

今天早上醒得格外早，六点刚过，天还没有亮。

洗去铅华，我在梦中哭了一夜。总想躺在雪地里，让自己变得纯洁。没想到真的天遂人意，我在雪地上踩下第一个脚印。走到大门外，我回头看，身后的那一串痕迹干净整齐。

偶过的北风吹起雪沫飘在脸上，冰凉沁心。烦躁上火的情绪便跌入冰点，瞬间宁静。我是另一个我，最初的、本原的我。

仿佛一场雪覆盖了世界上的一切，大地完全没有动静。在这一刻，银装素裹的，便都是我的。

不呐喊，不高调，我低着头、看着雪，默默地从冬天的早晨走过。

无雪的村庄

眼前的一切都是荒芜的。干瘪的冬季，没有雪花，便会影响人的心情。

走了两天的路，终于到家了。农村还是原来的样子，只是多了些土气，多了些萧瑟，或者多了些死了几位老者的悲凉。

没有雪的冬天，我连快乐的心情都没有了。

看到村庄，会忆起儿时的欢乐。那些关于雪和少年的记忆，都成了逝去远走的歌。

如今，脸颊饱经风霜，双目阅尽沧桑。生存的所有忧伤，都抵不过重回故里看到存在的悲凉。

彩色的秋天

昨天夜里我做了一个梦，一个彩色的梦。

整个世界都是彩色的，雪花和雨滴是彩色的，树叶和苹果是彩色的。今早起床之后，树叶就开始花哗哗哗哗地落下。

那些半枯未枯的草木，那些半黄未黄的树叶，那些转身未走的人儿，那些温暖未尽的拥抱。秋天，成了彩色的。

我轻轻含着眼泪，站在操场上。刚刚走过一个盛夏的悲伤，远处的雾水渐渐笼罩过来。朋友说，你的眼睛红得像哭过。

我照照镜子，点点头，朝他笑笑，我知道一切都过去了。

广播里的歌声响起来，季节如约而至。

晨光

　　阳光驱散了铺天盖地的雾水，豁然开朗，眼前呈现出一个明净的世界和一片淡蓝的天空。早晨，像是一个大病初愈的孩子，嘴唇微微泛白，显得脆弱，不禁让人心生爱怜。

　　几只鸟儿飞过来，落在我的窗前，我在的一楼的窗户很低，一直低到外边湿漉漉的绿草坪上。

　　晨光在我的窗子里弥散，早晨和新的一天，就在这明亮而不沾一丝污垢的玻璃中盛开。我伸出手，向泊在天边的那朵白云招手，企图唤她走近我的窗台。

第三辑

锦瑟年华

生命之光

　　我的每天都在写字画画中度过，已经很久没有走出生活学习的地方去外面活动了。我自认为这是一件悲哀的事，这样长此以往地过下去，人就会慢慢变得迂腐，丧失年轻的本真和活力，思想被囚禁于房屋之内，整个世界都会渐渐远我而去，寂寞失落之感油然而生，也没有追求和梦想了，有的只是百遍千遍回环往复的动作，永远单一，从来不会有新的花样出来。

　　最近总是做些奇奇怪怪的梦，平日里都是不做梦的，应该是"日有所思，夜有所梦吧"！我梦到了童年的冬天和雪花，乡村的夏夜和萤火虫，已经作古远去的大伯，还有那个前些天刚刚与我在车站话别的朋友……

　　夜里一两点睡觉，凌晨三四点就会被这些梦境唤醒，然后就再也无法入眠，思前想后，辗转反侧。同寝之人响若雷霆的鼾声，窗外街市朦胧清淡的灯光，都让夜色显得更加浓重，我被重重包裹其中，寂寞之感与相思之情涌上心头、难以按捺，不禁眼泪簌簌地落下，经耳边钻进头发或者滑落枕头之上。夜里，我如此坦诚，没有丝毫的做作与隐忍。我知道，光天化日之下都是精致的欺骗被包装在透明的玻璃盒子里，像婴儿一样得到悉心照料，只是大家都习以为常，便尽藏心底不去言说。

　　我总是希望，清晨能在太阳的散光下，升起一个绿色的黎明。芸芸众生，万事万物皆行走其中，去单位上班的，去学校念书的，去打扫卫生或者去处理国家大事的，一只早鸣的公鸡，两只啄食的麻雀，一朵昨夜悄悄盛开的不知名的花，几片草地上沾着水珠颜色泛黄的树叶……我还可以以一个孩子的眼睛去看待这个世界，我喜欢绿色，我喜欢眸子里流淌着一眼山泉的感觉。如果可以，如果真的有上帝，请我的主赐给我一双这样的眼睛，我愿用我生命的全部与之交换。

　　随着光阴消逝一天天长大，少年默默远去，童年已经成为遥远的怀念。翻开相册，却难以想起相拥着站在自己身边的那个模样可爱、笑容甜心的孩子姓甚名谁了。刚刚翻过几页，发现中间有些照片遗落了，便急忙翻箱倒柜，苦苦寻找半天不见踪迹，记忆便开始在脑海中留下残缺不全的痕迹。无奈之余，只能长叹一声，然后作罢。

今日午后，难得有机会忙里偷闲，我便一个人走向郊外，阡陌之中偶有野花独放，白桦林间落叶飘飘，竟不知在无声无息之中，夏暖已去，冬寒将至。

十八岁，流年远去

一九九二年二月六日（农历壬申年正月初三），我在红色的陕北土地上降生了，和其他山里的孩子一样呱呱坠地，妈妈说我当时还没有爸爸的一只鞋子大。我曾经也是婴儿。

大家不知道该取什么名字好，按照我们的姓（尚）和我们这一辈共有的字（子），妈妈给我取名叫尚子义。似乎没有任何寓意，因为妈妈并不认识多少字，给儿子取这样一个名字也只是信手拈来罢了，根本没有多想什么，更不会想到在我以后的生活里会有很多文化人夸我的名字取得好。就这样简简单单，尚子义在这个世界上一个小小的角落里生活了十八年。

十八个春秋冬夏，十八年风风雨雨，十八载坎坎坷坷。如今我已学会成长，变得成熟，懂得生活，明白了这个世界上的形形色色，了解了这个社会的钩心斗角，看到肆虐的洪流一波未平一波又起，红色的土地也在一点一点朱颜凋落。我习惯了站在阳台上俯瞰过往的人群，抬头仰望天空上的朵朵浮云和那偶尔哀鸣着飞过的孤鸟，静静地聆听远山传来草长莺飞的声音，双手抚着栏杆感触大地的心跳，浑身沐浴在阳光中，思绪在无垠长天下飞

扬。未满十八岁，我多么幸运、多么幸福！我还是一个孩子，至少现在还是！我可以用孩子眼光去看待世界，用孩子的思维去理解世界，我可以告诉世界：我还是孩子，我一直都是孩子，在这个世界上只有孩子是最无辜的。可我的流年一如世界的零乱、虚无、从我出生那一天它就开始把我同化。

十八岁，流年远去，留给我的只有回忆。我在生活中艰难前行，小心翼翼，如履薄冰。我的青春，张扬、沉默，像沙漠里的河，漂泊却矢志不渝，我在追寻大漠的胡杨，追寻高原的松柏，追寻那孤独寂寞却又傲岸不羁的身影。即使人们说我桀骜不驯，说我孤芳自赏，我无可奈何，但是我有我的方向，我有我的高山流水、大漠孤烟，我只会死心塌地，勇往直前。两岸虽美，我却不羡这无边的浮华，殊不知"姹紫嫣红开遍，都付于断井颓垣"。

生活是一张白色的宣纸，我就是一缕金色的太阳光，看得见，却摸不着，我以我的方式尽情地在天空挥洒热情，像一个懵懂的天神，在苍穹下一掠而过，长天依旧、白纸依旧，唯有金色的余晖散落乾坤。十八年，流年远去，我在人间行走，仿佛一阵春风拂过，仿佛一抹翔云流过，一切都映衬了蓝天，这一片流动的忧郁。

大千世界，有多少他乡我不曾前往，芸芸众生，有多少人儿我未曾相识。广袤的塞北，缭绕的江南，浩瀚的大漠，无垠的草原，我早已在人间的瀚海星辰中淹没。

我把思念付流水

　　思念，像八月的烟云，笼罩在我的心头，也笼罩着整个世界。十几年来，似乎日日夜夜都不曾远离。除了思念，我不知道属于我的生活还有什么。

　　青春之于我就像一座沉重的大山，我不知道我用年轻的生命，究竟都撑起了些什么。我不知道我究竟每天都用什么过着自己的生活。十七载岁月，我的日子里满是让人心酸的苦涩。思念，主导了我的生活。我一直都靠着自己觉得是万无一失的感觉在生活。我把自己的生存寄生在对别人的思念里，完全没有理智，没有自我，没有属于自己的生活。人们都说：人的命，天注定。我的思念，可能是因为上辈子太多情，把太多的眷恋带到了今生，老天才特意给我这样的恩赐。

　　又是一个木叶萧萧的秋天，有多少生命都在回归自然！它们都毫无牵绊，因为它们都属于自然，连凋零也是如此坦然。天空蓝得没有一丝纤尘，阳光肆无忌惮地洒满大地。秋天，如此祥和，我聆听着树叶刷刷的被风吹落的声音，安静地趴在阳台的栏杆上，沐浴着阳光，思念着远方。身后的影子不知被扯向了什么地方，屋里又飘出蓝调的音乐，在我的耳边久久缠绕。我的青春，在这样的日子里，就像郭敬明说的那样，是一道明媚的忧伤！蓝调是我生活的主旋律，我在随着它舞动，随着它低声吟唱。

　　远方有没有思绪在随我一起飘飞？在这天高云淡的日子里，是不是唯我一人在独自咀嚼孤寂？生命是一首永恒的赞歌，而我的赞歌在与谁应和？落花有意，流水无情，寂寞的秋季早已锁定满脸愁容。紧锁的眉宇在沉重的仰望天空，只目睹那失群的大雁在天穹下孤独的盘旋，无边的空旷，找不到一丝安慰。

　　一夜之间，秋风地毯式席卷了北国的山川，一望无垠的原野上，枯叶飘飞，萧条不堪！骨瘦的北国，在习习秋风中回首过往，满心悲凉。万川东流皆入海，谁人还望风满楼！我站在家乡的土地上，站在祖国的腹地上，向四面八方张望，却只有枯败不堪的山峦进入我的视线，只有糜乱熙攘的城市映入我的眼帘，只有萧萧的秋风狠狠刮痛我的双眸，只看见有水珠落在地板上，摔得粉碎……

我在成长，我的思念也在一天天膨胀，心有时候会暗暗地痛。不知道从什么时候开始，我喜欢晚上坐在书桌前，摊开几页白纸，然后用双手托着两腮，耳朵里听着《红色石头》，听着一曲一曲蓝色的摇滚乐，两只眸子木讷地透过双层的玻璃，看着窗外黑色、寂静、沉睡的夜。直到凌晨零点的夜里，就连星星也耐不住疲惫，早已闭了眼睛睡去。而我，依旧满眼的眷恋，满心的守候……

凌晨的夜里，每一个人都在梦中甜美的酣睡。我则饮了夜色，焕发浓重的醉意。看惯了月亮满了又残，缺了又盈，看懂了每颗星辰几时明亮，几时暗淡，几时隐去，几时闪现。无论眼前的一切一天一天怎样地变幻，我都如泥塑般重复先前的动作，脑海里一如白纸般空白。只有思念，把我在茫茫夜色中淹没。而我，却把思念付于流水远去……

谨以此文祭奠我十七载已逝的岁月，和那绵延始终的思念与寂寞。

中秋夜，想你

朋友，你在远方还好吗？望着天空这轮皎洁的圆月，不由得想起一句诗：海上生明月，天涯共此时。此时此刻，一个思人怀乡、一个望月心伤的时刻，一轮满月高悬天空，象征着团圆与美满。而月光带着我的思念与祝福去了何方？世界很多隅依旧有人在独自饮伤哭泣！

这月亮多么美好，这月光多么祥和，远方的山头却萦绕着一层薄薄的忧伤，而一切的光和色都恰到好处，如梦如幻，如痴如醉。这难道是唐伯虎思念秋香画的一幅画！

　　谁家的窗户传出一阵女人响亮的笑声，碎了这如画般的美好与祥和！月亮无法再安静了，泻了一地的光芒，洒了漫天的思念。如水般淹没了宇宙和这人间。我的陕北高原之巅，我的渭水之畔，我的江汉之滨，我的故乡，我的胜地，你们可曾知道：在这中秋的夜里，我在深深的想你。我的朋友，远处的你此时在做些什么？是在高歌？抑或是在床头独坐？还是在月光中上演着"举杯邀明月，对影成三人"的寂寞？

　　窗外应该是歌舞升平的繁华世界。闪烁的霓虹，尽管隔了几条街，仍旧把洁白的屋顶染得花花绿绿。思念犹如彻夜通明的长街，扯直了胳膊伸向远方，何处才是它停止的地方？星星在天边使劲地眨了眨眼睛，可满天的月光，又有谁会在意那一抹不济的星光？

　　朦朦胧胧的歌声不知从哪里飘来，落在这洒着星光与思念的窗台上。对面的酒楼上似乎有人们在聚会，只听见打开瓶盖那一声接着一声扑哧扑哧地响，啤酒不知喝了多少，泡沫溅得满屋子都是，好像过着一个溢满泡沫的仲夏之夜，而现在却是秋季，农历八月十五的中秋之夜。

　　农历八月十五的中秋之夜，中国人的团圆之夜。从嫦娥奔月至今已有千年的历史了吧！岁岁年年月一轮，世世代代人几何？千百年来，多少人在同样的时刻、同一月下独酌寂寞思念，多少人的泪珠在月华中如水晶般明澈，多少人独自过了多少个难眠的中秋月圆之夜？

　　农历八月十五的夜，今天的夜，今年中秋的夜，我亲爱的朋友，我的北边的挚友，我的南边的兄弟，你们都还好吗？现在，我望着我们头顶上的那一轮圆圆亮亮的月，在想你，想你甜美的笑容，想你陪我走过的路，想现在的你，未来的你，和我们永恒的友谊……

　　朋友，中秋夜，想你！

青春，共饮一杯殇情

青春，似水流年，一杯殇情喝到心灵深处，百味谁与共？

——题记

青春，是海底的月亮，明亮而又清澈。透过青春，我们看到无瑕的生命与澄澈的心灵。青春的我们正在与形形色色的世界擦肩而过，一双眼眸显得稚嫩而又单纯，一颗心轻轻飘浮却又沉沦。青春的脚步却也匆匆，踩碎了海面上的一轮月，留下一波连着一波绵延的痛。

青春的眼泪浸润了多少心酸与苦涩，青春的笑声又是多么爽朗与甜美。是谁，给了青春一个五彩斑斓的花季，却给了它一个霜降的天气？是谁，把青春带上摩天轮，却让幸福等在原地？青春写满了美好的记忆，却都映射着另一个心碎。不堪回首，却又不时回首，只为那一季苦涩缀成的美好记忆。

青春，是那璀璨的星夜，熠熠生辉的星光灼伤了我的双眼。月亮虽然满圆，月光却显得苍白，一如青春思念眷恋的眼神，忧思、绵长，却永远够不到山的那头，只能静静地守望，守望伸向远方那一条空空荡荡的长廊。

青春，是一杯浓浓的咖啡，品了甘甜，必将饱尝苦涩。谁的青春都不是梦，不会像梦一样美妙绝伦，也不会像梦一样惨绝人寰。青春，就是一道长长短短的路，宽阔却又蹉跎，需要我们一天一天来过。走泥泞道路，览两岸风景。

岁月的山风总会涤荡悠悠的过往。今夜举杯共畅，明朝又花落红残。赏不完岁岁年年姹紫嫣红，道不尽日日月月苦涩无穷。

谁的青春，如若少了一份心酸、一份苦楚，再怎么华表万里，也只是空中楼阁潭中影，无限的华美都将在刹那间消失无踪。青春如若少了一些欢欣、一些甜美，只有苦楚连缀始终，岂不付青春于流水，此生空余恨！

青春的日子像咖啡一样，苦涩只是点缀，甜美才是主旋律。烟雨梦柳般的画面是青春属于我们共同的记忆。可雨下得再漂亮，我还是喜欢阳光！

青春的日子，左手年华，右手倒影，流去的是光阴，也是苦涩，留下的是记忆，也是美好。可我的青春却碰上高三。青春年华，谁的高三，谁的江山，我一身戎装，呼啸沧桑！

夜风微凉

整个世界安睡在夜的怀抱中。星辰隐退，夜风微凉。夏天的热气让人难以入睡，可是所有的屋子都熄了灯。窗子外边似乎有滴落的水声。

凌晨一点半钟，城市的上空泛起灰白的光。弹吉他的少年，坐在床沿弹唱遥远的思念。那个六月，那个夏天，那个少年曾把歌声留在中学校园。

我们的手中握着微弱的光，就像握着即将升起的黎明。

从窗口挤进来的风，是一个遥远的拥抱，淡淡的温暖，闷热中微微的凉。

那年夜不归宿的孩子们，躺在四周围栏的人造草坪上看天，看流星，看那夜空中温暖微凉的风……

还记得小墨说："这样的时光真好，我能听到生命在笑的声音。"睡着之后，我们做了一样的梦。一觉醒来，太阳已经洒下火红的光。只有那个梦成了永恒。

断电了，风扇也不会吹，就靠窗外那点夜风来获取凉爽。或许那些风也不曾凉爽过，需要她的人太多……

烟花易冷

节日气氛在满天烟火中铺展开来。

五彩的街灯，斑斓的烟花，上元日的夜晚一片欢庆喜悦。

谁也不要低估时间的杀伤力，时间是伤害生命最有力的武器。

当我给相距二百里外的小染打去电话，他已经听不出我的声音，甚至忘了我是谁。告诉他我的名字之后，也要吞吞吐吐"嗯"上老半天。之前想过千遍万遍的那些千言万语，竟一时语塞，无法出口半字。电话两端紧接着就是久久的沉默。尴尬之余，彼此便匆匆挂了电话，就连一声节日问候也未曾提起。

一阵爆竹声把烟花送上天空，噼噼啪啪的声音，燃烧出浓烈刺鼻的火药味，竟然让人产生莫名的醉意。

美好总是转瞬即逝。彩色的光斑开始滑落，流星一般拉开尾巴，渐暗的光亮一眨眼就湮没在夜晚黑色的背景里面了。

想必小染的城市也有一场盛大的烟花刚刚落幕吧！

他曾唱着《烟花易冷》那首歌，从我身边走过。那时的他，从容不迫。

我们也曾擦肩而过

就像那个夏天，小米来过延安，住了一夜窑洞就走了。而当时我就栖居在那个城市边缘。三年后，我们以另一种姿态在网络上相见。那时的靠近，让我们在今天感动。

不得不感叹这个世界太美妙，时光静好。十几年不开花的君子兰，会在某个夜晚偷偷开出两朵花。什么时候，你曾从我的世界里走过，却没有叫转背着身的我。

我爱那种邂逅的美丽，宛如一场雷雨后飘落的彩虹一样清新。

倘若促膝长谈，我们都曾陌路相逢。或者一座城，或者一条河，或者一列火车出发和终止途径的站点。

我们就是在那一个晨光初照、露水晶莹的早晨相遇，又在那一个夜幕将至、华灯初上的傍晚别离。

我们都曾把记忆留在那座城池里。在护城河的拱形桥梁上，我们手持纸伞、擦肩而过。

车轮上的孩子

十八岁的王晓乐又出现在了火车站，他坐在售票大厅旁边的台阶上，看着眼前摩肩接踵的路人，眼神呆呆的。

他拿着手机在电话簿上翻来翻去，在几个号码前，他的手不由自主地停了好久。最终他一连打了三个电话，放下电话的那一刻，他长长地叹了一口气。那三个电话号码，有一个共同的特征，前边带着一个相同的符号。

王晓乐在火车站待了好久，一个下午他哪里都没有去。百般无奈的时候，就去售票厅前走一走，或者到进站口看一看。他企图用这种方式遇上一个熟悉的人，最好是那些电话号码被用各种符号区别了的人。

然而他什么都没有等到，尽管他已经把车票往后改签了两个多小时，时间在他的面前走得又快又慢。明天就要开学了，今天晚上他必须回到学校，可是学校还在几百里外的另一个城市，火车票也只能改签一次。

最终，他只等到了自己的眼泪。坐在火车上，看到窗外夜幕已至，街灯四起，满腹难过之情无以言表。唯有手中一部手机让他越看越伤心……

十年前，他的父亲在山西的一场矿难中被长埋地下。那个时候，他只有八岁，他已经三年没有见过爸爸了。他常常在梦中喊爸爸，却喊醒了妈妈。妈妈辗转半夜，才刚刚闭上眼睛。眼泪，就开始在无边的夜色中把两个人湮没于伤痛之中。

今年，王晓乐考上了大学。国庆放假他急急忙忙回了家。家里有母亲，和那些让他想念的人。那一夜，他去喝酒唱歌了，他出去之前把外婆接到家里来了。那一夜，他醉了，无言的伤痛化作泪水，湿了那些彼此相印的心。

短短一个月时间里，王晓乐已经来来回回在两个城市之间穿行多次。他知道，这是他无法避免的漂泊，他知道，他成了车轮上的孩子。那些车轮每碾过一寸土地，就带着一份思念，沉沉地压在他的心上。

落叶永远都是落叶了

你说你要快乐，而你的快乐是我不能给的。

时间会淡掉一切，包括曾经赤诚的心和鲜红的血液。

风会吹掉落叶，就像吹掉我在你心中曾经高悬的地位。

一旦走入秋天，一切都无可挽回。落叶永远都是落叶了。

假如你说你忘了我，请忘了你昨天的生活。

说什么都显得苍白。

只有岁月，我们无可狡辩。只有青春，我们无可抵赖。只有你我，会永远记着你我。

挡不住时光流逝

荏苒时光带走了太多太多的东西。

老屋门口的白杨树奄奄一息。去年冬天的时候差点没缓过神来，今年春天只零星长出几片叶子，也许秋天落下的枯叶就会连通它的根须一起腐烂。

每年都是有的地方干旱，有的地方洪涝。人们只好在心里默默祈祷，然后少雨了抗旱，多雨了防洪。

汉江就流经那么几个城市，每年夏天都有人淹死在里面，每天仍旧有人往里面跳。污染已经让它变了颜色，绿得出奇，让人不敢相信它是一条真正的河，而南水北调就是把它的水调进了北京城。

还有那道古城墙，钢筋水泥，白灰粉刷。

其实并不用为眼前的世界惊讶叹息，我们只是历史中一瞬间的存在，尘世一闪念就是一个世纪的跨越，那个时候你我都不复存在。

我们都是普通人，谁也挡不住时光流逝，终究都不会被载入史册。

简单如我

风声，夹杂着几片残破的旧梦，从眼前飘过。秋叶一般落在高高的窗台上。

一个季节走了，紧接着就有新的季节会来。都是季节，只不过温度高低不等、色彩明暗各异，有人喜欢，有人不喜欢。就像我喜欢夏天，而颜静却喜欢雪花，我们注定是两个世界的人。

总是被一些无关紧要的事情莫名其妙地搞得闷闷不乐，说起来也是自作自受自讨苦吃。就像我渐渐习惯了深夜一样，人的情绪也是会形成习惯的。有晨练习惯的人大多都是快乐的，而经常晨练的大多是老人，年轻人少之甚少。年轻人缺少快乐，年轻人太爱挑剔，挑来挑去就挑烦了心。"被窝是青春的坟墓"，这都是他们自找的。

自从上了大学之后，我就再也没有真正开心过。不是快乐的事和机会少了，而是心已经无法再笑了。高中毕业，年少的美好纵然再难舍难分便也曲终人散。社会化的大学，大学的社会化，俗世人生，根本就没有地方会容纳一颗干净并不复杂的心。

我们都是喜欢回忆的孩子，谁也经不起思念的考验。

小的时候，总想快快长大，看最简单的魔术都觉得神奇无比，喜欢追着汽车开出村口，气喘吁吁地看着它在眼睛里消失。总想早点离开那个讨厌的家，远走他乡。总会把好朋友和喜欢的人的名字写在新买的笔记本上，然后有事没事就拿出来翻翻看看。那个时候，总会轻易许下永恒的诺言，总觉得友谊会地久天长，真情会海枯石烂。现在想想才知道，那些真的是只有孩子才会讲的誓言。

回忆好像领口贴着你的脉搏，在长大之后想起过去的事情来，就只有感动的份了。每一个成熟的人，都是寂寞的。对过去的眷恋太深，就会扯破领口、伤了心。

好吧，在这些时候听听歌，公车上，地铁里，躺在床上的时候，或者外出散步的时候。不要浪费太多时间在闷闷不乐上边，不要把自己锁在寂寞的牢笼里面。在你暗自忧伤的时候，不妨走到窗边，轻轻推开玻璃看一眼天空，那流动的蓝、那飘散的白、那纷飞的七彩……

相信我，你的心情一定会慢慢舒展、盛开。

九月的雨季

最早淋湿我的不是雨水，而是眼泪。

漫长的连阴雨季让所有人的心情都变得烦躁起来，万千思绪萦绕心间，离愁别念笼罩心头。

古都西安，在九月的雨季里，灰色的城墙显得忧伤，面无表情的人们行色匆匆。

我那遥远的乡村也下着雨，她刚刚熬过盛夏烈日蒸烤带来的旱季。很庆幸，地里的庄稼还可以借着晚来的雨水努力生长、尽快成熟。转眼之间便会秋凉、冬寒，大雪封山。

我记起童年的时候，老屋屋檐下的铁桶里滴满了雨水，一直不停地往外溢。

我光着脚丫子在院子里低洼积水的地方跑来跑去。

也是九月，那些雨季是快乐的。

人生如若浮光掠影

一场雨，给夏夜带来渐爽的凉意。热的整夜睡不着的孩子们渐渐进入梦乡。天空开始泛出淡淡的灰白。天，就要亮了。

轻盈的音乐声漂浮在早晨湿漉漉的空气中，仿佛那些音符也被打湿了。六月的校园温暖湿润，却隐匿着丝丝离别伤感之意。

一年又一年的人，都曾走过这样的早晨，这样的早晨从来都不是一个梦。同样的雨滴打湿树叶，同样的小径步履匆匆，不管怎么说，青春，就在一滴雨打湿树叶的时候，从我们心灵上走过，留下一道泪痕，永远清晰。

那些走过"未名湖"畔的莘莘学子，总会伫立岸边，久久凝视。一个人，一个倒影，一个倒影，就是一生。

锦瑟年华

我站在五楼的走廊里往下看，地面上升起一层雾气，雨滴零星地往下落。花花绿绿的伞，像是一朵朵盛开在雨中的水莲花，新鲜、艳丽，干净而且湿润。伞下遮蔽着所有刚刚走出高考考场的莘莘学子，他们一定表情各异，而我却无法看到。一定是有的微笑、有的悲哀吧，总的来说应该是沉默大多数！一样的是每个人移动的脚步都是那样缓慢，就像当初离开家走进这所学校的时候一样。学校大门外的那条街道上，所有人都是一样的眼神、一样的守候，都在朝着低矮的电动伸拉大门蠢蠢欲动。

一

三年前的九月，我挎着重重的包袱走进高中校园，心里并不高兴，也不忧伤。眼前是两栋环形的教学楼、三栋公寓楼，一栋实验楼，教学楼和实验楼五层，公寓楼六层，都是前一年刚刚建成的，色调和谐、设计新颖，崭新、大气。两边两道长长的条幅从一号教学楼楼顶拉下来，上面书写着对新生的欢迎和对未来的祝愿。教学楼的正前方是一排对齐的四个公告栏，新来的同学都在那里贴出来的通知单上找自己被分到的班级和宿舍。那个公告栏也是每次评优后通报全校的一个信息窗口，我的名字曾不止一次出现在上面。

我以全年级十三名的成绩被分到"火箭班"，本来是可以上省重点的，由于家庭的原因选择了这所全日制普通高中，不但可以减免全部学费，而且还有额外奖金。其实普通高中的"火箭班"基本上是和上重点高中差不多的。抱着既来之，则安之的态度，我开始学习，开始过高中那条直线永远没有拐点的生活。

十六岁的青春，就那样被圈在了笼子里没有自由。

餐厅，宿舍，教学楼。日复一日，没有终止地重复着这样的动作，没有早晨，没有黄昏，太阳在我们之后升起，在我们之前落下，我们仿佛行走在光阴之外，成了高中教育的复制品。上学上得久了，自己也不知道自己是谁，会模糊了生活的概念，泯灭了斗志，消磨了理想，一个月总有那么三十来天不想上课。

春秋冬夏，流转的时光中，我们进出校园，往来于纸笔之间，学习、娱乐、成长。阳光少年也曾为情所困，一度陷入爱河不可自拔。单纯、孤傲，是面容中未曾缺失的表情。清早的晨露阳光，黄昏的垂柳夕阳。春花秋月，青春的年轮里，也曾忘我地在 KTV 疯狂高歌，也曾三三两两相约酒吧不醉不归，也曾在雪地里追逐打闹乐此不疲，青春的少男少女就像雪花一样干净、洁白、可爱。

有机会的时候，我总会站在楼顶上看太阳升起。面对着冉冉红日冲破阴霾喷薄而出，便抬头静望着天空，悄悄在心底许下诺言、许下深藏已久的心愿。凉爽的山风涤荡心胸，还会带给你一个清新的头脑，让你在新的一天中精神饱满，忘记悲哀和忧伤，平心静气、坦坦荡荡。

二

在走进高中上第一节课的时候，老师就开始灌输高考思想。一切都以高考为目标，在高考面前其他事情都是鸡毛蒜皮、不足一提。日积月累的潜移默化中，学生们都变成了温顺的驯兽。曾经的锋芒都已被打磨消退，鲜明的性格也变得千人一面，每个人进进出出都是大同小异。青春年华的孩子们开始颓废、消沉，开始无精打采度日如年的生活。起床、上课、做作业，甚至连睡觉都是一种煎熬，很多时候感到麻木，觉得像行尸走肉一样。

忘记时间和日期，是一件不可思议的事情，在万千学子身上却显得平淡无奇。别人问今天几号星期几，回答不知道是很常见的事情。有时候有同学知道反倒会让人觉得诧异。经常同学之间相互询问总要问过十个八个，甚至问完全班同学也得不出结果。

上课成片成片的同学趴着睡觉，老师自然司空见惯，而校外的人见到总会为之汗颜，觉得不可思议，荒唐可笑。趴在桌子上睡觉的感觉着实不爽，相信大部分学生都深有体会。一个人睡到可以理解为学生个人问题，而一群人在睡，或者所有人在睡恐怕就不是个人问题所能够解答的了。拥挤的课程安排，繁杂的作业练习，堆积如山的教辅资料……当这样的教学任务把一个学生的心理推向崩溃之后，他就会从此一蹶不振。

在新的学期开始的时候，总会告诉自己从明天起好好学习，每天坚持背单词、写作文、做习题，然而坚持不久便会一点一点放下，突然有一天蓦然发现两手空空，曾经的志向早被抛到九霄云外不知去向。在日期的递加中日渐消沉、变得萎靡不振，丧失了一个少年本应具有的青春阳光和四射的活力与激情。社会上的人便开始借风使舵，指着鼻子骂学生、骂"90后"，好像这一切都与别人无关，只是我们的罪有应得。

三

中学时代的每一次活动，都是美好难忘的。元旦晚会上乐翻天的孩子们快乐没有忧伤；运动会场上的努力拼搏，让我们怦然心跳、默默感动；一次踏青，一次春游，我们亲近自然、心情恬淡，一个个纯真无瑕、相亲相爱。凡此种种，铭刻在心，永生难忘。

"朋友一生一起走，哪些风雨不在有……"这样的歌声又在耳边回响，心底泛起经久不息的感动。曾经的朋友，元旦晚会上挽着手臂共唱的歌，那些滴落的眼泪见证了一段挚爱深情。而如今都已如春花，在那个六月过后，散落天涯。不管有多少不舍，不管有多少不情不愿，过往留下的记忆总是经不住时光的大浪淘沙，脑海中的画面随着日子的一天天变久都会被冲刷得惨淡泛白。

一场雨，一把伞，一种温暖。运动会的长跑赛场上，你四十度高烧的身体在抽搐发抖，一场阵雨突如其来，一把伞为精疲力竭的你挡去风吹雨打。你每一次抬脚都举步维艰，头顶的伞不离不弃，打伞的人却被淋成了落汤鸡。

比赛结束之后你在接受校报记者采访的时候说，是朋友和爱的力量让你跑完全程的。所有的观众默然相视，一种心领神会的语言在心与心之间流动，流动着一种温暖，一种爱。

草色青青，空气中掺杂着泥土的气息，远远望去，整个世界绿色莹然。在春天到来之际，行走在大地之中、漫步在原野之上，朋友之间心与心就会靠得更近，世界也偷偷变得温馨。所有人都心平气和、宁静温暖，每一个人都有一个梦。站在山头上齐声呐喊，喊出的不只是声音，更是年少的彼此心中压抑已久的梦想；一瓶矿泉水的传递，传递的不只是水，还是心心相印，是相爱相携的爱与感动。

或许会在时光流转中，模糊了某些瞬间；或许日子久了，会在不经意间忘记那些曾经熟悉的名字；或许在某个圆月当空的夜晚，你想起了过去，想起了那些欢笑、那些歌声、那些拥抱和哭泣，你才猛然发现原来这一切在心中是这么深刻，总会在某些特定的时候出现，让你在回忆中感动，在感动中潸然泪下。

四

十六七岁的年纪，经不起奢侈和浪费，每一天每一秒都弥足珍贵、转瞬即逝，拥有的人或许感觉不到什么，而失去的人就会痛心疾首、扼腕叹息。有时候，你会在某一次洗脸时猛然发现自己变老了，几颗青春痘悄悄爬上脸蛋，一道皱纹不知是什么时候就已在额头上安家落户。眼神也变得苦难哀伤，看起来饱经沧桑，仿佛青春之花从此便开始一瓣一瓣的凋落不止，一种姹紫嫣红的景象瞬间便花落成伤的感觉油然而生，不禁在心底生出万千感慨！

青春，原本就是一个忧伤的话题，而少年天生就带着阳光和活力。也曾郁闷过，成群结队地冲进网吧，在网络游戏的虚幻中寻找一时的快感，企图逃离沉重难挨的学业负担，躲避纷繁靡乱的感情纠葛。年少气盛的我们，总会犯些不应该的错。会为了多晒一会儿阳光而逃课，会为了朋友大打出手，会为了一句无关紧要的话而争得喋喋不休，会站在操场边的柳树下看太阳落山而忘了吃饭，会因为走在小巷子里淋春天的雨而发烧感冒……

现在想起这些，却感觉到温馨惬意，觉得青春如果未曾有过这些，就会变得更加不完美，或者会不堪回首。有了这些，不管主流也好，非主流也好，叛逆也好，顺从也罢，尘世里浮华喧嚣的东西太多太多，我们在乎不过来，在平淡顺其自然中一路走过，当我们有一天蓦然回首的时候就会发现，身后的那一切原来都是那么美好，尽管我们从来没有精心设计过。

不管是黑色六月还是魔鬼高三，逝者如斯，时间不会因为艰难而停止不前。青春年华里，行走的足音很轻，淡然、平实、不强求、不放弃。有理想，就去追求，闲暇的时间里，就放松，愉悦心灵，让自己快乐。

青春季节里，行走在求学路上，一身轻装，从头到脚的阳光，不要因现世的条条框框束缚了手脚而虚度年华。"莫等闲，白了少年头"，该跑就跑，想飞就飞，无边的苍穹下，总有一片蓝天让你鹰击长空。那些舞台上，有限的时间也要绚烂无限的精彩；那些人群中、阳光下你比阳光更阳光。

五

高一、高二平平淡淡，很正常地度过。喜欢朋友，新欢外面的世界，所以转过学。在不同的人群中生活，会有不同的感受，得到不同的东西，这些都是应该放在人生阅历中来铭记的。在奔波和苦难中更容易成长，来来回回的往返在家乡与异地之间，让我深刻地体会到很多在学生时代永远不会明白的东西。那种流浪者的心情，把苦难藏在心底，苦死也说不出的心情……

一切都是默默的，默默地承担、默默地忍受，默默地痛苦，默默地在痛苦中失眠，本以为不会睡着却睡着了。时间也在默默中不见了，或者她从来都没有出现过。

十八岁，我要在自己的成人之年迎接高考，实现生命中这一次最为华丽的蜕变。仿佛充满了巧合，仿佛这样的巧合也出现在无数同龄人的身上。

学校开始变得越来越疯狂，对学生近乎种植园主剥削奴隶剩余价值一般进行压缩教育，无数的试卷、资料堆满了课桌、堆积如山，课桌上都没有办法誊出一块地方来好好写字。有的学生的学习状态近乎自虐，没日没夜的做题写字、写字做题。在做题的过程中会不知不觉倒在桌子上睡着了，怀里抱了一堆书，一堆书就像枕头一样被当成枕头一直枕着。

随着高考倒计时的牌子被一页一页地翻过，有的学生变得焦虑不安，各种能被人想到和想不到的状况都会在瞬间突然出现，让人不可思议，却又心生怜惜。倒计时进入五十天的时候，我感觉每天走在我身边的那些同学，一个个神志不清，麻木无知、不省人事，仿佛没有了人的血腥，有时候让我感到恐惧。那种特定的时间和地点，让人恐惧的远远不止这些。

一个女生在数学老师的课堂上放声大哭，惊呆了所有人。如果你当时有心思考虑，你会想象到像午夜遇到诈尸的情景。当时还有校领导和教育局的领导坐在教室后排听课、督课。流鼻血似乎成了一件很流行的事情，每节课都有同学陆陆续续捂着鼻子进进出出，进进出出的人除了进进出出的动作再没有什么别的表情了，木偶一般的机械运动。我也曾一连几天在做这个机械运动。

再也没有人有心情去跑步，或者爬上楼顶看日出了。再也没有微笑的表情、活泼的身影出现了，阳光照在他们身上也看不到阳光，一个个都成了标准的脏、乱、差，无精打采的样子让人感到心疼。当我从那段日子走过之后，我相信了他们说的：他们的世界里，真的只有黑暗。

六

高考如约而至。

六月七号那一天，火辣的太阳普照大地上的每一个角落，校园周围的柳树在地上落下斑驳的影子，仿佛整个世界都可以在它强烈的光线下明察秋毫。高考的各项标准和要求，让所有准备高考或者将来有一天要高考的人望而生畏，感到庄严、神圣不可侵犯。

考场外涌动着家长的身影，人山人海，考场上考生在书写人生，宣判青春。

考场上会发生很多意外的事，很多意外都是曾经不会想到的，很多觉得怎么都不会发生的意外还是发生了。只要一个小小的意外，就会让十几年的寒窗努力付之一炬。当大家考完第一科走出考场的时候，对高考的畏惧不见了，却有另一种心情涌上心头。

十八年，觉得弹指一挥间。就这弹指一挥间，十八年不见了，却什么也没有遇见。

七号的晚上，不知道这一夜会让多少人辗转难眠，十几年过来了，却等不过一个晚上。茶不思，饭不想。谁知道这一个晚上又会在多少人身上出现多少状况。或者一个状况，就会让之前所有的不懈努力和精心准备变得惨白无力。六月是一个天气善变的季节，一夜之间，瞬息万变。

第二天再见的时候，很多人都不是昨天的表情和状态了。多多少少也算是经历了高考的人，会在表面上伪装出一种近乎扭曲的从容淡定，实际上却是心惊胆战、无所适从。我也会对熟悉和不熟悉、认识或不认识的人轻轻微笑，一点祝福，一点心愿吧，给他们，也给自己。爸爸妈妈在这个时候超乎寻常地懂我，什么也不说。不送我进考场，也不在考场外苦苦等待，淋雨或者曝晒。我很安心。

轰鸣的雷声打破了考场内的寂静无声，我看到前边的男生持笔的右手在雷声响起的时候猛地一抽，我觉得笔尖一定在卷子上划下了一道长长的墨痕，他一定悔恨不已，都不知道该怎么继续下笔做题了。有人也转过头看看窗子外边的世界，一片乌云密布，豆大的雨滴织成了无数交错的网。只一瞬，就把脸转过来，低低地贴在试卷上。

六月的下午总会时不时地下一场雨，而这场雨过后，不知道会让多少人泪如雨下。

站在校园里，雨滴渐渐稀少了，空气清新湿润沁人心脾，顿觉身心爽朗、一身轻松。天上的云彩渐渐散开，零零散散透出几块湛蓝的天空，太阳从西边的天空中四射出柔软的光线，一道彩虹出现在学校后面的山沟上，远山绿意莹然，在雨水的冲刷后，一切都开始了新的生长。我朝着熟悉的校园笑笑，校园正中央的喷泉开了。我转过身，轻轻向教学楼走去。

多么熟悉的一瞬间。

第四辑

爱已成歌

久旱逢甘霖

从南方回来已经有十几天了，母亲每天都在叹气山上的庄稼长势不好，说玉米的叶子跟火烧了似的，一年的苦又要白下了。母亲说话的声音，让我听着很揪心，跑出去到庄稼地里看那些玉米、荞麦、红豆……

农历七月，正是庄稼生长最快、逐渐过渡接近成熟的时节，这个时候需要充足的水分。陕北地区的农民，向来都是靠天吃饭。山大沟深，灌溉不便，河流稀少，而且夏季刚到不久十之八九都会断流，只有一心祈求上天风调雨顺，以保丰收。

地里的玉米还没有一米高，大都还没有结出果实，本应宽大的叶子缩成了一根细棍。我从重庆回来，经过关中的时候应朋友之邀就去宝鸡暂住了几天。那里的玉米可谓一天一个样，我刚到的那天下午，长得还没我高，一场雨过去，我们再看的时候早已高过我很多。

爸爸妈妈在外打工快十年了，今年工事不好，他们便回农村种地。可以耕种的地也不多，只有几条前几年刚修的梯田，由于常年不在家，梯田没有经过务劳，地里的庄稼本来就不怎么长，遍地的野草横生。我曾跟着爸爸妈妈在种红豆的地里锄草，锄到地头转身看回去，都没有几棵站着的苗了。爸爸说，天太旱，水分不好，很多种子在地里就没有发芽，压根长不出来，就这几棵苗苗将来连化肥的钱都卖不回来。

我站在地头默默祈祷。鸟儿鸣叫着在我的头顶上飞来飞去，湛蓝的苍穹下，万里无云。这样的天空很美，很干净，而家乡的农民都不喜欢它。

奶奶种的黄瓜长得又短又细，还没有我的手指头长。大中午的，她坐在枣树下，瞅着那一片又一片黄了的黄瓜叶子发呆，然后倚着树干站起来，拍拍裤子上的土，发出一声长长的叹息，在这个寂静的午后伤了孙儿的心。

老屋院子里有一口井，它比我的年龄大多了，我从小都是吃着用着她的水长大的。而这次我发现她老了，生命力不旺盛了，要枯竭了。有一天下午我在井口吊了一下午，吊上来的都是浑浊不清的泥水，最后什么都吊不上来了。爷爷说，这些年天旱，雨水少，井里的水一年比一年少，去年这个时候都成枯井了。现在还好，只有在早上可以吊，井底一晚上还能蓄一些水。

现在井里的水也变得生涩了，没有以前的水旺到罢了，也没有以前的那份甘甜了。没想到我出去几年再回来，这口井竟然变成了这个样子。那么人呢？我的爷爷在太阳底下已经是白发苍苍，当初他还那么健康，那么硬朗。

干旱让整座山的绿色开始泛黄，岁月把一个人的生命变得弱小。

昨天夜里，我被淅淅沥沥的雨滴吵醒。吵醒我的时候，爸爸妈妈都醒着，他们正站在屋檐下谈话。他们的话语被雨滴润湿飞进我的耳朵，我听到了些许欣喜。雨水滋润了大地，也滋润了无数干涸的心灵。

久旱逢甘霖。在这一个农历七月的夜晚，我听到了雨落的声音。

你见过大海吗

"面朝大海，春暖花开"，多美的诗啊！

已经走过十七年人生旅途，我从未与激情澎湃的海岸相遇，从未见过浪高冲天的洋流，从未在夕阳下看群群海鸥掠过海面停留在云端嬉戏的美丽场景。大海，是我童年至今的一个梦。我白天在电视上看到，夜里在梦中与她相遇，一起玩耍。第二天在睡眼惺忪时看到窗外的山，那刺眼的阳光透过婆娑的树影与黄土地一唱一和。

你见过大海吗？今天早上，我站在窗前看着窗外来来往往浮华聒噪的世界，不知是向谁发出这样的问话。我一个人在想象海的样子，那一片旷远如长天的蔚蓝上翻起层层巨浪，像朵朵庞大的白云点缀着这片忧郁流动的海，像梦一样广博、辽阔、蔚蓝、一望无垠，积蓄着无穷的力量，冰封着一把刺破苍穹的利剑。大洋深处，似乎有一股石破天惊的水流蠢蠢欲动。我顿时心潮澎湃，对海的向往之情更加难以抑制。

我生于大山，长于大山，是大山养活了我。我是大山的孩子，我有黄土一样的皮肤，黄土一样的柔肠，高原一样的豪情，高原一样的脊梁。可我却像是一只在旷野中流浪的野狼，充满了对黄土的叛逆之情，像是一条自由游戏海水的金鱼，充满了对海洋的热恋。

时常爬上山巅向四面张望，一样的山峦起伏，一样的山峁绵延，都伸得远远的连着天边的云。我知道离我最近的海在我的左手边，在东方，在那太阳升起的地方。而我隔着重重山岭观望南边的氤氲水乡，它像一个缭绕的梦，一次次在我的记忆中升起，似曾相识却又缥缈朦胧，触手难及，可她的尽头，确确实实连着一片汪洋大海。

山是静的。静静立着的大山，巍然，傲岸，像父亲的身躯一样，可以依靠；静静环抱的山峦，绵延，温和，像母亲的怀抱一样，可以躲藏。我是山的孩子，在山里生活，像在父母一样的庇佑下成长，眼光永远穿不过大山铸成的城墙，身体永远经不起狂风暴雨的袭击。

山是沉默的。任春去秋来，花开花落，它都无语。无论是漫山红遍，还是满山苍凉，从始至终，她都以一种态度，一种心情，看花开花落，望云卷云舒，听凭风吹雨打，永远都固守那初始的姿态。在人世间的浮华喧嚣中，只有大山，永远沉默着。

海是动的。滔天的巨浪，搏击着海的心脏，怒视长空，挥斥苍穹。大海像一位盛唐的浪子，才华横溢却又风流不羁。王勃一样的才华卓越，李白一样的风流洒脱，杜牧一样的放荡不羁，陈子昂一样的激情澎湃。大海就是一位文字的大师，情感的圣人。

海是张扬的。少年一般的性情，如火一般的热情，冲动、昂扬、激流勇进，一触即发，一发而不可收。大海，永远都是富有张力的，一股青春的活力，时时刻刻都让人心生喜悦。

我曾听见过海的朋友说海是蓝色的，然而只要你走近她，就会意外地发现她竟也洁白无瑕。其实海水是没有颜色的，除非是受到了某种污染。在我的印象中，只有天是蓝色的，最是那夏日雷雨初霁的时候，天空蓝得没有一丝纤尘，蓝得让人心动，让人不忍心呼吸。在我的心目中，蓝色是代表真情和忧郁的。湛蓝的天空，是一片安静着流动的忧郁。那波涛滚滚蓝色的海水呢？它代表什么？

海，对于大山里的穷孩子来说，近乎一个美丽的传说。就先别说海了，又有几条真正称得上是江河的水流在他们的家乡流过呢？水是灵气的象征，有水才能有清澈，才能有灵气，就像人的眼睛，水灵才更显神韵，清澈才更显靓丽。水灵灵的感觉，人们似乎都很精神。山里的人们，总是向往大海，向往江南，向往那一个水汽氤氲的世界。

我十七岁了，我一直在山里生活，早已风尘仆仆，那我的父辈，我的祖辈，那世代耕耘于此的父老乡亲呢？十七岁了，我没有见过海，我的年少少了些许灵气，少了些许激昂，少了许多张扬，少了许多冲天的豪情、不灭的斗志。十七岁了，我没有见过海，真的是一种遗憾吗？

那朋友，你见过大海吗？

十八岁的青春恍然如梦

宁静的夜晚，秋风送爽，点点繁星缀饰着古城长安的夜空，像一群婴儿灿烂的笑容。十八岁的孩子望着星河，想着一些人和事，睡在温暖的被窝中。他的青春，恍然如梦。

掀开窗帘，看万家灯火通明，谁能想到他的童年，一个偏远的小山村，一孔土窑洞，一盏煤油灯，一个静夜缝衣服的身影，而他正睡在炕头做着美梦。

双手托着两腮，胳膊肘垫在窗台上。夜已深，天已凉。哈一口气，在玻璃上写下爸爸、妈妈和家，然后再哈一口气，写下亲人、朋友和世界。玻璃窗上的小水珠慢慢聚成几滴，缓缓往下流，像是少年脸上的泪，沉默但不悲伤。

光阴荏苒。他怎么也不会想到，自己会站在千里之外遥望家乡，眼前的都市再也不能成为心中的向往。霓虹太过璀璨，街道太过凌乱，想家的孩子隔着窗户把脑袋轻轻往外探。一片星光与灯光映成夜的绚烂，没有谁会想到谁还深夜未眠。

推开窗子，一股凉风袭来，夹着露水的湿润，但不显冰凉。身体微微一抖，喉咙痒痒的，眼睛模糊了。静立着不动，任凉风从身边钻进屋子里，好换一屋子新鲜的空气。看不清眼前的事物，脑子里浮想联翩……

上学临走时，妈妈盈满泪花的眼，爸爸攥紧车票的手，姐姐塞进书包的药，一幕幕不断浮现在他的眼前。他仿佛看见妈妈失落得像丢了魂一样站在候车大厅里，仿佛看见爸爸坐在沙发上看电视竟忘记了抽烟。他国庆节一放假就匆忙赶回家。家还是原来的样子，只是他的东西，那些书、那些衣服变得更加整齐了。

光阴似箭，国庆长假一晃而过，他又坐上了长途汽车，背离故乡，踏上远方。回头望去，陕北的山连着山，一直连到桥山之巅，那里是始祖轩辕的圣殿。曾经，他的梦想在这块土地上发芽生长；曾经，他天天盼着远离家乡。如今站在异乡的土地上，一望无垠的平原，反倒没了依靠，没了保障，没了方向，顿时一种失落感盈满心房。

当他再次站到大学校门口，大学的名字清晰地映入眼帘，他才猛然意识到自己上大学了。十八岁，成年了。古城长安的秋天很暖，太阳很远，阳光照在地面上，一片陌生的影子来来往往。他径直走向宿舍，好像周围的一切都和他毫不相干。

上大学的这段时间他知道了人是多么容易堕落。开学将近两个月了，他依然对学校一无所知，大学的学习是一片空白。不觉中他竟然怀念起高三时极度劳累、极度匆忙，但却充实快乐的日子。他不是一个好孩子，从来不喜欢学习，凭借着所谓的天赋和运气考上了大学，圆了爸爸妈妈的心愿。父母自觉得是含辛茹苦没有白费，毅然决然地把他送进西安这个大都市，自己留在守候了半辈子的乡村，依旧沉默着，依旧忙碌着，却又多了一份期待，多了一种站在大门口朝南望的习惯。

匆匆的岁月漂白了一些人的发丝，苍老了所有人的容颜。如今在他的脸上已看不到可爱稚嫩或者阳光青春，他一脸的淡定从容，加上青春痘肆无忌惮地爆发，谁也不会想到在他的心底沉淀着多少伤痛和纯真。

把年少的自己做成一个木偶，放在青春的世界里，供大家娱乐，属于所有人的只是短暂的快乐，把玩过后一切归于平静，生命还在继续，少年还在成长。

一直觉得自己足够独立，足够成熟，可以挣脱父母的怀抱远走高飞，可以闯荡世界，书写青春华年。然而可笑的是，他在生活的面前一败涂地。不在父母身边的日子里，对于这个生活和社会，他什么都惹不起。面对现实，眼前凌乱复杂的一切，他茫然若失，手足无措。

尽管这样，他仍然怀揣着梦想。他想让青春的自己过得快乐，他想让中年的爸爸妈妈过得幸福，他想拿到学士学位证书再去考研。很多时候，心头会涌起莫名的难过，不是简单的想家，想爸爸妈妈，想朋友知己。独自生活之后，越来越体会到人活着的累与无奈。十八岁，已不是孩子的年龄，肩上却没有扛起责任，他的心灵依然死心塌地地依靠着一些人。

十八岁，他撑不起梦想的天空。告别了中学，在大学里彳亍；告别了家乡，在都市中生活。一切都在改变，包括他曾经固执的梦，和那恍然的青春。

第四辑 爱已成歌

早晨，被窗外的时光感动

上完早操回来，才发现宿舍一伙人都忘记了拿钥匙。没有别的办法，只好等宿舍楼管阿姨八点钟上班之后去取钥匙开门。舍友们各有各的事，有的去了别的宿舍闲聊，有的出去买早餐吃。我则站在走廊的窗户旁，看窗子外面的世界。

窗户底下的绿化地上长着高高的树木，松树、柏树、椿树，还有那些我叫不出名字的正开着花的树。

花开得鲜艳、剔透，一大把一大把的、雪白的，我曾很多次认为它是羽毛球，把它当成一件奇异的事情说给朋友听。

云杉长得很好，树梢都可以够到四层楼上的窗子了。不知道这些树木走过多少年轮，不知道这座楼上住过多少学长，不知道窗外的花香芬芳了多少个春天。

这个窗口曾被无数人伫立瞭望，今天终于轮到了我。

天空是白的，天空后面像铺着一层厚厚的浪花做底纹图案，浪花的形状像麻花一样一溜儿铺排开来，中间偶尔会留下空隙，我能透过它看到一绺蓝蓝的天。从眼睛到天空，中间没有杂尘。

我看到一只鹰在天空中飞，它飞过来靠近我的时候，发现原来是一只被细线牵着的风筝。我想，放这风筝的一定是位年过六旬的老人，这鹰样的风筝就是他的梦和青春。

两只麻雀飞过来停在窗台上，抬起脑袋看我，我在它们的眼睛里找到了我。在那一瞬间，仿佛时光停滞了，它们不愿飞走，我也不想转身。一转身就是另一个世界，另一种心情。

我想起了遥远的故乡，故乡的山、故乡的水、故乡的草长莺飞，故乡的花香、绿荫、黄叶、白雪。如今深居都市一隅，远离了乡村，远离了情趣，自然的印象在心中渐渐隐退，生活变得不惬意，就连季节变更也感觉不到，我的时光里没有了春秋冬夏。

风，轻轻摇落了树上的花，飘飘洒洒，一个季节走了。

地上的草坪和低矮的灌木都在努力生长，它们向往更多的阳光。半环形的宿舍楼怀抱着这一片小小的丛林，小小的丛林里，各种各样的植物，高高低低、层次不一，有的高大健壮，有的凸显营养不良。

一阵电铃声猛然响起，麻雀飞走了，身后有几个同学经过。太阳从宿舍楼顶那一角钻出来，普照人间。我转身，以后每天早上坚持去操场上跑步。

一个人，一座城

一个人，就是一座城。

没有谁愿意为了一座城而记住一个人，都会为了一个人而记住一座城。

只有感情才能让一个人的生命变得鲜活。对远方的牵挂，对异乡的思念，往往是喜欢和想念着那里的人。一个童年玩伴，一个相知的朋友，一个初恋的情人，抑或恩师爱徒，远亲近邻。

可以跋山涉水只为一个人，而那座小城的艰涩印象深深留在心底。就像那次行至秦巴山区，觉得风景颇美，依旧有决心他日再来。

小墨说他想去洛杉矶，他说他小时候一起长大的青梅竹马去了那里。每一个关于美国或者洛杉矶的词语，都会让他敏感、激动。

纽扣总是在笔记本上写"上海"，她在扉页上贴着一张母亲的照片。父母离婚后，妈妈便去了那里。

一个人，让你记着一座城。

冬天快乐

那年的雪下得很大，你曾在我耳边唱一首叫《冬天快乐》的歌。那是十五岁的冬天，雪花里飘着音符的冬天，快乐的冬天。

四年后的我，拥有太多忧伤，再也不能听到你在雪地里唱冬天快乐。迢迢千里，你在南国，那里不会下雪。

我依然害怕冬天的冷，依然会在冰结得最厚的时候发一次烧，大病一场，然后就是银光闪闪的世界放在眼前。我开始不习惯，总觉得少了什么。可是屋檐上一颗水珠落下来，我会站在旁边出奇地看。

怀念那个冬天。

那个冬天，十五岁那年，少年唱的歌，冬天快乐。

如果青春遇上风

如果青春遇上风，就像这个夏天我遇见你一样，那么神奇、那么没有一点预见地到来。我会被感动到哭，就像那阵雷声摇下来的雨滴，谁也不会在事先想到。

青春，就在你睁开眼睛的时候睡着了。

如果青春遇上风，我希望遇上一个爱我的人。她的名字叫作梦，不是做梦的梦，是梦，只是梦。

青春，就在你流下眼泪的时候逝去了。

如果昨天的风，真的带着记忆。那么我不希望我是谁，我只希望我是风，只是昨天的风，风中有梦。你告诉我说，你想走了。我说，等下一个天亮以后好吗？你什么也不说。我只看到，天上的星星哭了。

我喜欢台灯罩着灯罩的光，你说你想要朦胧的感觉。我觉得我从来没有错过。

如果青春遇上风，我不做你的风，你也不是我的梦。

如果我可以和风对话

如果我可以和风对话，那我一定是个快乐的孩子。

你看，风多么自由，想去哪里就可以去哪里。我想像风一样可以自由流动。

我想说：带上我，好吗？

带我去远方。

带我去青藏，我爱着青藏的天空，爱着雪山的纯洁和格桑花的美丽。去亲近一只藏羚羊，或者一株小草，去抚摸阳光和空气，去把心放在天然的梦境里。

带我去南方。

带我去水乡，我爱着江南的古朴小巷，爱着她那隐约在氤氲水汽中的朦胧面庞。我想我会是一只小舟，随波逐流，随遇而安。或者我就静静站在桥头，看满池的荷花盛开，看来往在拱桥上那些女子娇楚的容颜。

我想我会醉生梦死的。

就那样醉在一阵风里，就那样醉在童年的记忆里。

如果我可以和风对话，我会把自己变成一只小鸟，永远跟随着她，把所有的伤痛留在原地，自己远走他乡。

风会带给我四季。春天花香鸟语，夏天彩蝶纷飞，秋天红叶飘飘，冬天银装素裹，我的世界是丰富多彩的。

思念，和我一起生活

不知因为什么，也许因为思念，也许因为孤单，总会觉得难耐寂寞与孤独，有时想念想到心痛得似乎没了感觉。

思念，早已成为我每天的必修课，取代了我作为学生的一切。

夜晚傻傻地坐在窗前一直坐到午夜、凌晨，不知道窗外还有一个世界，还有时间在不停地流逝。早晨的时候，还有星星在天幕上相互逗笑，我就出了门，在众人的睡梦中一步步走下楼梯。这样的生活已成习惯。我在深夜思考了什么？我在早晨寻找了什么？一切都淹没在星光交辉的朦胧中，没有一丝踪迹供我第二天去找回记忆。我不属于这个世界，这个世界又怎么会属于我！

思念，和我一起生活。有人相信缘，而我却相信感觉。人们都说要活在眼下的现实生活中，而我却活在无边的思念里。有很多人都说，喜欢文字的人是多愁善感的，当然，正因为多愁善感他们才喜欢文字。而我，自认为不是一个多愁善感的人。我只是真实的袒露自己心中的想法和情感，对于一切的是是非非，我秉承无须言，做自己！我在乎别人的看法、说法，可我无法左右别人的想法，我只能做好自己，做到无愧我心，无愧心中的念想。

思念，和我一起生活。我不知道思念是什么，也不知道什么时候懂得思念，只知道思念在记忆中有模糊、也有铭刻；有孩提时对爸爸妈妈的思念，我知道那是爱、是依赖；有现在对朋友的思念，却无法把它说清楚。思念是因为爱，是依赖，更是一种难以言说的牵挂、一种莫名的恒久的等待。

　　思念，孤独却不孤寂，心痛却不心伤。思念，是一弯明明的月亮，在夜空注视着远处的光芒；思念，是一缕轻轻的风浪，在原野寻觅着馥郁的花香；思念，是一抹斜斜的夕阳，在天际涂抹着希望。思念，是一种病，痛了心，圆了情！思念，是一种生活，是凌晨零点的许愿，是晨风暮雨的牵绊，是永久割舍不断的眷恋。

　　思念，是一种生活，和我一起生活！

第四辑　爱已成歌

第五辑

守住幸福

我的家住在花的海洋里

　　总感觉自己走不出童年的那些事端，不管什么时候总是会有许多事情被有意无意地牵扯出来。虽然不知道它们究竟会在我现在的生活中产生多少意义，但每每想起都会在心底激起波澜、久久难息，有时候甚至为一件不足为道的小事彻夜难眠。我从陕北作家那些出土于陕北黄土地的作品中读到了很多我的影子、父母的影子、好多好多人的影子，仿佛这块土地上的人，世世代代沿袭着一种亘古不变的生存状态，或多或少让我感动，让我悲哀，让我站在家乡黄土路的尽头不知该走向何方。陕北在人们眼中是地貌沟壑纵横的代名词，是道路崎岖坎坷的象征，是生活一贫如洗的代表。提起她，有些人竟然会与恐惧联系在一起，我不知道他们的这种想法缘何而起，或许仅仅是因为陕北对他们太陌生，或者仅仅是因为陕北是我出生和成长的地方。

　　童年的快乐单薄成一张纸，幸福却厚得无法比拟。

　　烈日当空，父母弯腰耕作地头田间，我在一旁拔草拾穗，童年的记忆就这样洒满黄土地，长在每一棵庄稼的枝枝叶叶里。春秋冬夏，风吹雨打，父母年轻的皮肤早早地在日光的蒸烤下丧失本真，更别提水分与弹性了，那是一些从来不会被他们的耳朵听见的词语。他们所有的念想就是春种秋收，站在冬天的大雪地里，把双手捧在嘴角边不住地哈气，然后微笑着说："雪下得真好。"在秋收之后，当农家的麦场上堆起一垛挨着一垛的庄稼垛的时候，那些农人干裂的嘴唇嘴角上扬，喜悦之情溢于言表，如果你足够细心，你一定会看到他们的双眸中闪烁着晶莹的泪花，那些泪花在夕阳下闪闪发光，而他们的脸干瘪得就像深秋里在渐寒的北风中飘转的树叶。

　　春天总是一个很受欢迎的季节，洋槐树开出的花在每一个山头山谷香味四起，沿着地面轻轻飘飞。陕北的山川沟壑里长着漫山遍野的洋槐树，这是一种朴素的树，对环境没有太多要求和挑拣，可以落地生根，开花结果。每当春天到来，总会毫不吝啬地开出满树大把大把的花穗，压弯枝头。

我们一家人就在一棵棵洋槐树下穿梭，撷取那些被压弯的枝干上垂下的花穗。在陕北，家家户户都知道洋槐花是可以吃的。每一个洋槐花开的季节里，农家的餐桌上就会多出一种色香味俱佳的菜肴，可以就着吃那又粗又糙的黄米或者小米饭了。童年的时候，每一个春天我都会爬上洋槐树高高的枝头，把那些本以为可以在太阳下一直开到败的花儿也摘到篮子里，拿回家让妈妈做成饭菜吃掉。洋槐树浑身上下长满一身尖锐的刺来保护自己，尽管这样也挡不住大伙采摘的热情，我也为此常被那些尖得像针尖一样的刺划得全身上下伤痕累累。就算是这样，只要能满载而归，心中总会生出无限的甜蜜和快乐。如今，每次回家走在弯曲盘旋的山路上，每当看到一株洋槐树的时候，心中就会产生说不出的激动。

年年寒冬已过、春寒料峭的时候，我与堂兄堂姐还有堂弟堂妹们一大伙，跑到去年收割过的庄稼地里刨野草野花的根须吃。至今还记得，春天还没有来，陕北的山上还是土黄色光秃秃的一片，花草的根须就已在地下开始生长，有一种植物一直不知道它的学名，但嚼着吃了它的多少根须我连数都数不清。一层粉红色的嫩皮，用刀子或者指甲刮过之后露出白色的根，应该是茎吧，放在嘴里嚼，先甜后苦，最后就一点味道也没有了，而我从来都没有办法把它咽进肚子里，更多的时候是为了享受它那一瞬间的香甜。当时只要看到自己比别人能多挖几根，心里就美滋滋地偷着乐，要是自己的产品比哥哥姐姐们少，心里便难过得不是个滋味。今天想起来才意识到当时是生活过得太苦涩，只有在那样的时候才能尽情品味短暂的甘甜，今天才明白父母那个时候不知道把多少内疚的眼泪咽进肚子里了，今天当我看着那些孩子们的成长，我才知道自己是一个没有童年的孩子。我在今年春天重新走上故乡的地头，却再也看不到当初挖野草根的那片土地了，那里都长成了清一色高大的树丛，故乡在"退耕还林"之后焕发新生。

火红的太阳高照在宇内偏西的地方，跟在爸爸妈妈身后牵一头毛驴，懒懒地走在羊肠小道上。正是农忙的时候，要锄干净庄稼地里的野草，庄稼才能长得好，产量才能有保障。这些时候，中午睡觉总是一眨眼的事，总感觉时间过得太快，还没有闭上眼睛就被爸爸妈妈叫起来了。当时心里不知道有多委屈，有多少抱怨呢！

妈妈说："这样的苦日子啥时候才能熬到头啊，整日辛苦能有什么可依靠的呢！"

我说："妈妈，我们靠芦草叶吧。"

当我听着妈妈告诉我这些的时候，我已经十八岁了，妈妈脸上是淡淡的微笑，而我的心里却不是滋味。妈妈说那个时候我只有三四岁，三四岁的我哪里知道妈妈的那一句话有多么沉重，一片野草的叶子怎么能承载得起它的分量呢！我不禁想起父母在炎阳下弯腰锄草的身影，整个世界都躲在树荫底下乘凉，只有他们的身影缓慢移动在庄稼地里，所有的日光都在向他们聚焦。我则躲在地头一棵大向日葵的叶子下，把满地的黄土疙瘩当玩具耍，我觉得我是那么的富有，不时地抬起头看看天，看看爸爸妈妈，看看正在不远处山坡上吃草的驴……

小时候，我总喜欢收集各种各样的花的种子，在每年春天的时候，就把那些种子洒在院子里，洒在碱畔周围，洒在土窑洞后的山坡上。我会每天放学后到洒下种子的地方认真地检查一遍，当看到一棵小牙破土而出的时候，就会高兴地大叫出来。我急急忙忙跑回去告诉爸爸妈妈、告诉爷爷奶奶、告诉每一个我认识的人。看着它们一天天长大，我的心里比期末考试考了第一名都要高兴。这些花种，十之八九我是叫不出名字的，大多都是野花。每到春暖花开的季节，看着一朵一朵的花儿盛开在院子周围，看着一瓣一瓣的花瓣落下撒满一地，我会感到幸福和快乐。在我见过的所有的村庄和村庄里的农家小院，我家是最富有生机的，生活的艰难和苦涩都在花香笑语间遗忘脑后。

去年暑假再回老家去看它们的时候，它们依旧盛开着各种各样的花，清香四散，色彩缤纷。这样的花开一年又一年地重复着，永远守护着我童年成长玩耍的那座院落，盛开着那孔土窑洞里的温暖。我不禁感叹：童年的我住在家里，我的家住在花的海洋里……

父亲是个农村人

父亲给我打电话越来越频繁了，尤其是入了冬以后。每次挂断电话，我都会想起很多事情，往事历历在目，和着泪花挤在眼眶里打转儿，悄然无声之间便潸然泪下，我像个还没有长大的孩子，可是挂满泪水的眼帘又怕被别人看到……

父亲老了。今年暑假的时候，我从南方回去见过他，父亲的背明显驼了，这么多年来生活的重担把他的腰一点一点压弯。当我坐的长途汽车缓缓驶进小镇的街道时，远远地便看到父亲瘦弱的身影。他蹲在街道旁的台阶上，整个上身深深地弯下去，一直压到膝盖上，并且低着头抽着烟，每隔几秒就会抬起头向那条通往外界的柏油马路望去。我一时间模糊了双眼，脑海中涌现出朱自清的父亲蹒跚的背影。那一刻，我无法想象父亲究竟该以哪种姿态站起来接我下车，可是当我走到车门口迈开脚准备下车的时候，父亲像是突然从地里钻出来的一样灰头土脸地出现在我的面前，然后猛地伸出手一把拉过我提在右手上的行李，伸出另一只手要扶我下车。我连连说不用，但是在我的手臂碰到父亲手掌的一瞬间，我的心不由得发痛，刀绞一般。我感觉到自己碰到的不是一只手，它像极了一节木头上早已干枯的树皮。

我被父亲的举动怔住了，呆呆地站在原地半晌无语，直到背后有人推着我说赶紧下车，我这才回过神来，深深地叹了一口气下了车，跟在父亲身后一步一步挪着往前走。父亲那只被石头砸伤的左脚，永远都好不了了，走起路来一瘸一拐的样儿，每一步都重重地踩在我的心坎里。

父亲是个农村人，他从来不会用语言表达对我的爱和关心。我们之间从来不曾有过任何亲昵的举动，彼此之间的话一直都很少，有时候会像陌生人一样。但是一起走在大街上，不管是谁只要看一眼都能知道我们是父子俩。

在县城上初中的时候，我不喜欢跟爸爸妈妈出去逛街。每次他们叫我一起出去，虽然我都不会拒绝，但总是极不情愿地跟在他们身后，有时候看到同学就会躲得远远的，生怕被他们撞见。父亲和其他农村的男人一样，不经常刮胡子，出门之前也不注意收拾自己，而我从小到大都是一个极爱干净的孩子。城里人，肯定不会喜欢父亲那样的形象。我们都知道农村人在城里生活不会有任何地位。你是农民工的子女，那你必须坐在教室最后排的那个最不起眼的角落，然后安安静静地坐着，只管坐着就行，最好永远都不要发出声音，永远都不要抬起头。周围的世界与你格格不入，只要不经意瞥上一眼都会灼伤双眸，疼痛之感过上十天半月也不曾消减，有时候还会愈演愈烈，甚至成为一种阴影笼罩你的一生。

父亲仿佛看出了我的心思，所以每次上街后，他总会说让我去找同学玩，然后我就蹦蹦跳跳地从他的身边经过，很快在他的视线中窜进人群里消失了。可是我并没有去找同学，只是一个人在大街上溜达，进进出出漫无目的地行走着，在心里一遍一遍地责怪自己，却从来都没有悔过自新，以后每次上街还是会等着父亲说那句话，然后从父母身边溜走，一个人孤零零地穿行在人群中。

父亲是个农村人，没有文化、没有胆识，对这个世界和眼前的生活也没有太多的想法，但是他对我开明的态度让我感到惊讶。

我十五岁那年上了高中，接触了网络，更多地了解了外面的花花世界，翅膀也比以前硬了，远走他乡的心思便在心底默默生根发芽、日夜膨胀。第二年暑假，我鼓足了勇气把准备了好多天的一句话说给父亲听，结果他连想都没有想就答应了。我说我要去西安，爸爸的果断应允反倒让我有了些许犹豫，可我还是精心盘算着去那个五百多公里以外的城市。三天后，我的人生开始了质的飞跃：第一次坐火车，第一次带了手机，第一次走出大山，第一次看到宽阔的平原，第一次走进都市璀璨的繁华灯火……

正是有了这么多第一次，我的心再也收不住了，内心深处，一股无法抗拒的力量拉着我走进西安，留在西安。我着迷了，我对这个繁华世界如痴如醉。我要在西安上学，这一个非分之想从手机的听筒里传进了父亲的耳朵。父亲稍作沉默，很快就用平和的语调告诉我他不反对，再打电话的时候总能听到母亲絮絮叨叨的声音。

那几天，西安的雨总是下个不停，尽管瓢泼雨落，我的热情依旧丝毫不减。坐在公交车上从一所中学赶往另一所中学，虽然碰壁更多些，但心中坚定着一份信念，觉得总有一个世界是属于我的。

在西安上学的费用非常昂贵，尽管被我拿当年的中考成绩和发表过一些文章获过一些奖加上死皮赖脸地讨价还价砍到不足三分之一，但省城里的"三分之一"对于一个偏远农村家庭来说也是非同小可的。父亲说："不用担心钱，钱家里有，你走到哪我把你供到哪！"我知道，那句话背后的一切酸楚，只有父亲一个人在心里默默承受着。送我去车站上学那天，姐姐买了退烧药、感冒药之类我经常会用到的药塞进我的书包，妈妈不住地叮嘱我好好照顾自己，爸爸什么也没有说，可我分明看到了他游离在眼神之外的那一丝光。坐在长途汽车上，昨天晚上爸爸把做好的月饼一个个包好装起来放进行李箱的情景，在我的眼前久久挥之不去。

从那之后，父亲就开始给我隔三岔五地打电话，次数总是不多不少。去年过年回家妈妈告诉我，爸爸每次打电话都要思前想后琢磨老半天，然后才拿起手机拨了我的号，表情显得急切而且焦虑不安。

只有一个人的生命在开始漂泊之后，他才会深刻地感受到家的温暖，无数眼泪只能抛洒在寂寞深深冰冷无比的夜里。远离故乡的一切都是寂寞的，都是悄无声息一个人承担的苦乐酸甜。这样的时候，往往是父亲的一个电话，便驱散了内心所有的阴霾，我才能安心睡去，顺便在夜里做一个好梦，才会带着爱和温暖去迎接第二天的黎明。

如今，父亲也不在县城打工了，今年上半年彻底搬家回了农村去住。也许只有在农村父母才会过得更好一些。在土生土长的地方，便更加自由自在。待在农村的父亲，依然用心守候着远行的我，守候着他那在城市打拼的儿子。而我，总是怀着万分虔诚的心态，在静静的深夜里膜拜大地，双手合十面朝东方默默祈祷：父亲永远不会老。

那是永恒的美丽

——在那个山水之城，我遇见了真诚。

生活中，总有很多不曾被铭记的偶然瞬间，像春天的一朵花开在山头，默默凋残。

这几天是端午节假期，我流浪在陕西南部的大巴山地区。涉足安康所给我带来的一切，让我第一次有了心怯的感觉。本在到达第二天的时候，给安康写了一首诗，可是现在觉得那首诗不是她的了。

汉江接纳了你的眼泪，你还会和她不离不弃吗？

一个下午或者几个下午的等待在很多人眼里微不足道，但也不难看出一些心情。滚滚汉江曾经让我日夜向往，安康，也曾把她当作家乡。

很多年前的孔子就说了：过犹不及，都怪我没有好好领会啊！悔之晚矣！

每一个人，都有一个梦，这个梦，叫作感情，去圆这个梦，要花掉我们一生。

人生长长短短，宝贝们各自心有所牵。所谓人生路上，哪里没有花退残红、散落天涯。

当把泪水滴进汉江的时候，我又明白了生命中的另一种真谛，谈不上大彻大悟，但也在心底产生震撼，久久难息。

就像这个山水之城一样，她的气候是变化多端的，行走之上的每个人，谁也不知道下一步会发生什么！

我行至安康最东端，只要再多走一步就可以去看武当山。

白河县的条件着实让我感叹，安康也不是曾经在夜间经过时我所完美构思的那样。所谓不管什么事情，千万不要提前在心中描摹蓝图，不然你连痛定思痛的机会都没有留给自己。

安康，是陈吉的家乡。可以感觉到我们有着近乎相同的曾经，或者称之为童年吧。或者都是没有童年的孩子。

你比我更有志向，更刻苦、更努力。我喜欢这样上进的孩子，可以自力更生，可以自己给自己做主。但从不会做出离谱的事情。一种冷静淡定隐匿在双眸之中，细心之人也不难看出。

这样的高中生已经很少了，不管是城市，还是农村，或者穿行于城市和农村之间的。

认识不久，见面是第一次。给我带来了深深的感动，或者称兄道弟好多年的人，也做不到那中间的一点点。不禁让我在心中生出一句话：或许被人叫一声"哥"的感觉很爽，可谁知道那声"哥"下掩藏着多少伪装！

当然，这只是一句话。无意间想出的罢了，不存在特定语境，请勿对号入座！

你知道生命中什么才是价值吗？就是有人可以让你付出一份真诚。

你知道生命中什么才是幸福吗？就是当你行走到异域他乡，能看到一个温暖耐心的面孔。当你被熟人遗弃的时候，他（她）会给你爱和感动。

觉得这个端午节，我做错了所有的事，唯独让你去火车站接我没有错。

唯独你带我走过汉水北岸时所看到的风景，是永恒的美丽！

我想握住您的手

世界上有很多双不同的手。音乐家指尖流露着天籁，国家领导人日理万机指点江山，作家书写人生光辉，舞蹈家舞动奇迹。而妈妈，您的手那样朴实无华，却是我一生的最爱。

妈妈，我想握住您的手，握住您那淳朴的双手，紧紧贴在儿的心窝上。

儿的心跳是那样的明晰，您的淳朴会渗入我的血液，流遍我的全身，净化我的心灵，滋养我这一生。

妈妈，我想握住您的手，握住您那勤劳的双手，捧在胸前，细细地观察。我要知道，知道这双手是怎样养活了我；我要追寻，追寻这双手养活我的印迹。是勤劳，是您那勤劳的双手，在一个艰苦的年代，拎起了一个无知的生命；是您，是勤劳的您，带着那个无知的生命踏上了人生旅程。

妈妈，我想握住您的手，握住您那在我年幼时轻轻拍我入梦的手。那轻轻地拍打声从棉被中散出和着您哼唱的童谣，简直是我一生中听到的最美的天籁。童年已与我远去，童谣却在我耳边回荡，仍有一颗孩童般贪婪的心，想在闭目熟睡前，感触到您那优美的节拍。

妈妈，我想握住您的手，握住您那曾为我拭去泪痕的双手。每当我流泪时，您总是用您那双爱抚的手小心翼翼地为我揩去脸上的泪痕。一股暖流顿时在我的血液中乱窜，泪水更是不停地涌出，内心的感动早已无法抑制。妈妈，我好想闻一闻您的手，或许我泪滴的咸味仍在您的指纹中残留。

妈妈，我想握住您的手，握住您那曾经扶我跌跌撞撞学步的手，握住您那在风雨中为我打伞的手，握住您那历尽沧桑的手……

妈妈，仅仅是您的一双手，一双普通母亲的手，就给了我用什么计量单位也无法度量、用什么天平也无法与之平衡的爱，就给了我只懂得付出、从不知索取的无言的真爱、大爱。妈妈，您的爱是我用一生也无法回报的。我只能一点一点收获，看着它积累到一个不可企及的高度，把它当作我的命脉，永远地珍藏着。

妈妈，我想握住您的手，就像握住主宰我命运的天神一样，静静地感受那无比亲切的温暖流进我的血液，记忆的闸门随之敞开，过去的一幕幕清晰地呈现在我的眼前，内心早已充盈了感动的泪水。

妈妈，我的好妈妈，我好想握住您的手，把记忆与感动握在手心，带着真爱与希望前行。一路上，演绎我的辉煌，您的幸福。

勿忘亲情

　　快深夜十二点的时候，在甘肃的姐姐发信息告诉我爸爸住院了，今天下午，叫车从老家送到了县医院，全程一百五十里左右，山路三十里。我今年十九岁，再过个年就满二十了，还是我的父母养着我……在我的印象中，爸爸生病住院三次，今天这次是第三次。

　　第一次是我还很小的时候，上小学三四年级，爸爸突发阑尾炎，疼痛的样子看得我揪心而且害怕。爸爸被送去医院后，不到一天就回来了。医院对农民来说也是一个很奢侈的地方。医生建议做手术，爸爸坚持不做，只说吃药控制就行了。他知道，要是做了手术，以后就不能下力气干活了。而我们一家就是靠父母那点体力活着。

　　第二次是我上初二的时候，爸爸得了一个名字里带有"癌"的病。我知道，凡是出现这个字的病，弄不好是会死人的。爸爸没有去大医院，去一家门面诊所看的。那家诊所大夫也算厉害，加上爸爸小的时候跟爷爷学过医术，自己懂一些。就在那里开了药，每天早上去检查之后，打上吊瓶回家，带上半塑料袋的液体瓶，都是一天要输完的，然后加上偏方贴敷，一个多月后渐渐好转。

　　那一年，我们家过得很艰难，全靠妈妈打工……我会在每天放学甚至下课的时候去帮妈妈，而妈妈还要照顾爸爸、姐姐和我。很多个夜晚，妈妈悄悄起来，去拆迁楼房倾倒混凝土的河畔凿混凝土和废旧楼板里面残留的钢筋。往往妈妈在底下凿，上面时不时就会有大卡车翻起车厢往下倒。这一幕，看得我心惊肉跳，眼泪猛得落下来，怎么也收不住……

　　高考之后，本可以上全市最好的几个学校，而我选择了县上的高级中学。可以免掉我所有的学费还有奖学金，而且学校每年还会给前几名发奖学金。我成了学校拿奖学金最多的人，一学期两次。而我还是放松了自己，三年高中虚度而过，觉得在那些同学面前，不用怎么学也能考得很好，尽管我也知道外面有很多佼佼者，但他们毕竟离我太遥远。最终我的高考失利了，心里没有别的感觉，只觉得对不起爸爸妈妈这么多年的付出和遭遇。

不少时候人会拼命地关心别人，往往忽视了自己的爸爸妈妈。可是到头来，那些人则对你的关心视而不见，亲爱的爸爸妈妈反倒一直被你冷落至今。那么，我便是一个不孝的人，我也没有拥有别人的感情，友情或者爱情。

曾经有那么多时候被一些毫不相关的人或事搞得情绪低落，仿佛这个世界和你情深义重、如胶似漆，实质上整个世界都与你无关。漂流在大千世界、人海茫茫中，往往记不起家乡的守候，仿佛那一切，不管他们付出多少都是理所应当。

《延河》杂志的一位编辑老师，在刚才给我空间的评论中说：孩子，你在成长，成长之后的你会明白，我们真正应该在乎的不是功名，不是虚利，而是亲情。老师的话，简简单单，看字的人都能看懂。"孩子"一词开头，让我倍感亲切。也许这一切，真的要到成为一个过来人的时候，才能体会得更加深刻、更加清晰。

一叶知秋

昨日黄昏闲庭信步，一片树叶从眼前旋转着缓慢飘落，对高大的梧桐树充满了不舍。

这是一个凋零的季节，整个季节都在凋零着。

西安这几天，总在夜里偷偷下雨。昨天夜里，又曾如约而至。朋友曾对我说过秋雨温馨。也许秋天，原本就是一个温馨的季节。

今晨，细雨交杂着雾气弥漫在故都之中，每一个角落都是湿润的，还有我的心情也是潮湿的。刚脱去夏的燥热，未及冬的严寒，秋日中飘起了浪漫的毛毛雨，朦胧中充满爱意。

还好，我的眼睛还可以触及光和水的温柔；还好，一片树叶带给我一个秋天，不冷不热，不喜不悲。

守住幸福

前些天，我在街上看到这样惨不忍睹的一幕，当时就落泪了。

一位年轻漂亮的母亲，带着约莫六七岁的儿子在街上散步，也许她是正准备给儿子买一个漂亮的生日礼物：一本花花绿绿的图画书，一条精致帅气的牛仔裤，一把自由旋转的玩具手枪……

他们在等待红灯变绿灯的时候，母亲稍不留神，孩子便窜到了斑马线上，接着他的生命在空中飞旋几圈后，便永远飞走了。不知是哪位老师一脸郑重地在课堂上告诉他的：孩子们，过马路要走斑马线，这样汽车就不会撞到你了。

年轻母亲伴着歇斯底里的哭喊声飞奔而上，然而一切都为时已晚。来往的车辆绕开马路中间的这对母子，川流不息。肇事的轿车也眨眼间消失了，不知所踪。

儿子走了，母亲的幸福也便跟着走了。想必这将成为她心中永远无法抹去的阴影，一个疏忽，便让幸福从身边悄悄溜走了。

一瞬间，我有种心被撕裂的疼痛，从灵魂深处升起。行走在大千世界中，我们的生命竟如此脆弱，不堪一击，转瞬即逝。

昨天接起的一个陌生的电话让我心跳加速，焦虑不安。

电话那头传来一位父亲的声音。他操着满口的湖北话，火急火燎、语无伦次地叨嚷着。

"是尚子义吗？那个你是哪里的娃儿啊？"

大约是这样的句子，我听不清楚。他反复地说着，我反复地反问道："啊——啊？"

"你是姓尚吗？是尚先生吗？我是庄颜他老爸，你认识庄颜吗？"父亲的声音明显大了许多，更加急躁了，却带着农村人特有的朴实和礼貌，竟然把晚辈称作了先生。

模糊中，我听到了一个名字：庄颜。迅速在脑海中搜索之后发现，我确实认识这个人。他是我的朋友，湖北人，十七岁，高三学生。因为文学，我们于网络之中萍水相逢，但素昧平生。

本以为打来电话的父亲只是关心儿子的交际，防止他交往上什么坏人。也许这位父亲把我当成了坏人吧，或者在他的意识里，网络是不好的东西。这样想也到在我的心底生出一丝欣慰，朋友有这样一位关心自己的父亲是幸福的。

父亲在确定我和他儿子有关系之后，显然更加激动了。我沉默片刻之后，向他询问这位很久没有联系的朋友近况如何。因为朋友高三，即将要高考了，我只好放下牵挂和思念，尽量不做打扰。

父亲的回答让我心头一震。当时不知所措，良久无语，也悄悄涌了满眼泪花。

"庄颜差点死了，还在医院呢！"

"差点死了？"

"差点死了！"

农村的父亲直来直往，不绕弯子。而这两句话说得那么清晰，竟没了湖北口音。想必他是意识到我听不懂湖北话，为了让我听清楚，在那边做了很大的努力吧。

真是难为他了！

真是位细心的父亲！

他专门打电话过来，只是为了让我这个朋友了解朋友的病情，只是为了守住他的幸福，守住儿子的幸福，也守住我这个陌生人的幸福。

庄颜是个好孩子。所有人都说他自信、阳光、快乐，帅气的脸蛋也使不少女生心向往之。

今天一早，我便坐上南下的火车，从古城缓缓升起的阳光中启程，穿越秦岭,横跨汉江,一路颠簸,一路焦虑,匆匆赶往那个电话发出信号的地方。

那个地方,温暖幸福,永远就像这个春暖花开的季节一样。

我想我该写首诗,为了朋友,也为了他的父亲,更为了我自己和这种微妙的幸福。

有人说:最使幸福可望而不可即的莫过于刻意寻找幸福。那么,这些与生俱来,无须寻求的幸福,是我们每个人都有的。可是人总是带着可耻的劣根性好高骛远,纵使身边有美玉宝石一樽,也比不上天涯海角的破烂石头一块。

孰轻孰重,孰远孰近,我们确实应该让自己静下心来,好好掂量一番了。

其实在我们的生命中,每一个正常的活动都带有某种幸福。我们应该在成长和远行的过程中,在它们还没有失去的时候,守住这些细小的幸福,不要让这些最为美好的幸福之花,在时光流逝中早早凋零了颜色。

我望着门前那座远山

我望着门前那座远山,隔着玻璃发呆。

每一次离开家乡,我都要从那座山头翻过。总会站在山的最高处,回过头看一看停在远处的窑洞。每一次她都是那副模样,只是颜色一次比一次暗了许多。

爸爸昨天翻过那座山,去镇上赶集置办年货了。

今天,奶奶又站在山头上,一直站到天黑,才等到住在城里的小叔一家回来过年。

也许明年就只剩下一座山,在空空地等候。

也许若干年后,我再也不会踏上那座山。

家，是永远的温暖

又逢中秋佳节，已经数载未曾与家人围坐桌前，喝着饮料、吃着月饼、谈着心了……

我知道，这是每一个孩子成长之后都必然要经历的。除非你永远都可以不长大。

妈妈昨天晚上给我打电话，叮嘱我去买点月饼吃，我不住地点头答应，结果却没有履行承诺。

我是一个不孝的孩子。圆月无声，母亲有心。

我无法想象母亲此刻的状态，今天我的手机由于没电关机了一天，也许她打了上百个电话，又唠叨了一天、数落了父亲一天、操心了一天、失落了一天。

自从我去年九月份离开家之后，我不知道母亲有多少天，是这样过的。

大多时候，我会忽略了那个贫瘠的家乡和那个贫穷的家；大多数时候，我行走在灯红酒绿的街头巷尾；大多数时候，我没有以一颗游子的心来客居他乡；大多数时候，我的心里总是想着一些不着边际的事……

我错了，错得一塌糊涂。

去年那个冬天，当我在无数个夜晚被冻醒的时候，才会想起家，想起那个被母亲铺好的温暖被窝，想起那个叫我起床的母亲，想起那个喂我吃药的母亲，想起那个含着泪花送我上车远行的母亲……

我想起了过去，想起了十八年来母亲青丝变白发的岁月。

我扪心自问，拿什么还母亲的满头黑发，拿什么还她光滑的皮肤，拿什么还她曾经健康的身体。

我还不起，这是我永远无法还清的债。这一切，母亲从来不当回事，不放在心上，不奢望什么回报。

如今，远离家乡。

这些都是我心中，永远无法放下的温暖。

时间是一道无法愈合的伤口

一连几天的大雨送走了我的大一生活，仿佛过去这一年里应该被记住的尽是些泪水。我不知所措，在雨后放晴的太阳下静静伫立，整个世界在眼前无边放大。地面渐渐变得滚烫起来，我的内心万分纠结。

寝室的兄弟们都相继回家了。今天夜里在送走哈密之后，寝室一下冷清下来。打了一天都没有人接的电话终于有人接了，然而却是一盆凉水泼下来，让我的心里隐隐作痛。承诺，在时间面前总是不堪一击。

等待是一件痛苦的事。家乡的父母和亲人在一个电话接一个电话地催我回家，而我却在等待一个承诺兑现的时刻。最终留给我的，只是留在宿舍里的人去楼空。寂寞、无助，油然而生。

我知道茫茫人海之间相遇很难，对每一份感情都倍加珍惜。用电话陪伴你们度过高三，我却因为你们而在不是我的高考之年紧张不已。因为八分之差你与大学擦肩而过，我与你同样的心情不好受，却要想出话语来安慰你。想尽一切办法让你看开想开……

有心少年的文字都是染着血泪的伤痛。也曾笔耕不辍，却在这段时间无话可说。长时间的情绪低落，让我产生一种濒临死亡的感觉。一种来自灵魂深处的虚无和空洞，仿佛置身旷野，茫茫无际的原野无所依托，心底滋生出难以比拟的恐惧。

时间是一道伤口，越久越痛，越痛越不会愈合。

在深夜想起过去的自己，发现竟然那么傻。太坦白，太无谓，觉得只要你够真心、够虔诚，整个世界都会为你敞开心扉。而只有在遍体鳞伤的时候，才会说在这个世界里，简单真的是一个错。

如果你可以单纯得像小孩，你就会懂得爱，你就会拥有精彩。不管在何时何地，只要遇到小孩都不由得多看两眼。

为什么这么长时间我的心情都不够宁静！这种状态让我夜夜无眠。我在一边写字，一边抹眼泪。

"我相信有一根线，把梦想与现实相连。""我相信就是这一天，命运开始改变。"我喜欢这样的歌词，而这样的歌声总让人潜然泪下。我也相信这样的声音不是经典，也知道我信奉的从来都不是经典。

时间是一道伤口。伤口就是一条河，随着时间的流逝越来越深。

让岁月铭记双眸中闪烁的泪光

——十八岁年华本纪

二〇一〇年，岁末了，我用细小的声音把这一年诉说给自己听。我轻轻打开记忆的阀门，往事潺潺流水般泻到眼前，仿佛水幕电影一般宁静温柔，却使我的眼眶里盈满泪水。我伸手掀开窗帘往外看，黎明的早晨没有太阳升起，天空阴沉沉的。宿舍只有我一个人躺在被窝里，享受着没有阳光的早晨。他们，昨夜未归。

年初的时候，那些日子里的事情仿佛没有发生过一样，在我的记忆里没有印象，想不起，也不去想。也许是在某个寒冷的夜晚我回到了陕北老家，走在未清积雪的庭院，睡在老屋良久未见烟火的土炕。我一言不发，默默经历着，感触着。那天是我的十八岁生日，那天有爸爸妈妈、姐姐姐夫陪着我，十八年前的那天我就出生在那里。我安静地躺回家乡的心脏，放一放纷扰的感情，放一放混乱的俗世，放一放喧嚣的过往。我在凌晨两点半的时候仍然拿着手机，写入一行文字，然后输入一行数字，再然后文字和数字一起在夜晚的空洞中消失。无边的黑暗，带给了我无尽的思念与渴望，躺在被窝里思前想后，很久没有住过人的家微微有些冷，不知什么时候把我带入梦乡。天亮之后，我再也不会想起那行文字的内容和那是属于谁的一行数字了，那一切，就随着那个夜晚过去了。

当所有人都在为高考大战日夜兼程的时候，我毫不紧张、毫不匆忙、毫不在乎地穿行在家与学校的两点一线之间。我堕落了。我可以在上课的时候玩手机、发信息、上QQ、写文章，全然不把老师和一天天迫近的高考当回事，准确地说是不把自己和人生当回事，但那永远称不上游戏人生，我的生活态度一直都是阳光、积极、活力四射的，我喜欢晨露，喜欢晒太阳。我也可以理所应当地把数学考到四五十分，然后理直气壮地说数学（这里的数学指函数等高难数学）没用。或者这也只是一个少年狂傲不羁的标志，或者只是无知少男对青春华年一句无力的自嘲。

曾经的我是多么喜欢回忆过去，在高考日渐迫近的那段时间，陷入了对往昔的痴迷。我迷恋于过去所有美好的瞬间，那些关于以前的记忆铭刻于心，时时刻刻在我的眼前闪现，我开始幻想，我的生活开始变得虚幻，全然放下了学业，甚至放下了生活，踱步于校园之中，闲行在大街小巷观看世界、观摩人生。至于梦想，坦白相告，从来未曾有过。

光阴荏苒，渐渐地我开始喜欢上越来越深、越来越静的夜晚，虽然以前也会偶尔喜欢。我越来越多地写诗，或者是写一些像诗但又不是诗的东西。一直在想，哪一个深到尽头的夜晚，我写出了一首好诗被所有人称赞。然后这首诗就成了我的名字，你们都忘记了我以前的名字。我越来越喜欢夜晚的自己，真实、自然，我仿佛成了夜的孩子，有夜的细胞，夜的血液，夜的姓氏。我安睡在夜的怀抱中，好像我的朋友更加地爱我，这个世界更加懂我。

还记得曾经我也有过海誓山盟，还记得星空下那一对天真无邪的许愿孩童，还记得雪地上相挽相抚双双跌倒的阳光少年……不管以前有多少美好，多少伤心，都已刻骨铭心，我不会忘，你也不会忘，尽管时光把它们一点一点扯远，尽管现实让我们无可奈何望而却步，我们永远游荡在光阴之中守候着曾经的梦。

作为一个拥有生命和青春的人，我不得不学着万千古人感叹光阴易逝。似水流年总在不经意间带走身边的一切，不知不觉中已经长大，我不能再做一个孩子，不能再有孩子的性情，不能再像一个孩子一样在生活的大地上信马由缰。

本以为遥远的高考，说到就到，走过它之后，不管怎样我都要长大。不管成功或者失败（事实上也没有一个可以界定两者的界线），高考对我来说都不会有第二次，也绝对不会允许出现第二次。作为学生，我是一个不喜欢学习的学生，从小到大一直都是。现在社会对学生有太多非议，学业或者大学对我来说没有什么太大刺激，我宁愿把安静的自己献给无语的深夜，或许她会听到我内心深处那些承载着过往的伤痛，或许只有它愿意耐心地等我闭上眼睛之后再去休息，或许有一天是她安慰了我的疲惫，而当我有心情回头看她的时候她已没有力气睁开眼睛，我才发现属于我的夜晚死了。

高考结束之后，在那一个雨水缠绵的下午，我安静地离开高中校园，好像学习生活了三年的地方对我来说没有一丝留恋，整个人淡若平常，整个心情静如止水。身旁的一切似乎与我毫不相关，我走得干净利落，像当初来的时候一样，不喜欢携带一点多余的东西。然而就在我走出大门口的时候，不由得放慢了脚步，频繁地回头。我在寻找什么？我在等候什么？猛然发现，身后的一切都已不属于我，像是一个遥远的神话传说。

我知道，那时的我告别了中学时代，我作为一个孩子的岁月也随之戛然而止。万千莫名的思绪涌上心头，站在雨地里不知所措。来来往往的人，弄花了我的眼睛，一种想哭的冲动无法抑制，任泪水滑落脸庞……

今年的六月，像幅水墨画一样铺展开来，漫无边际。我照旧停留在陕北高原那一个偏僻遥远、不为人知的小县城里。我打过工，十天，四百元，只当作一种经历，或者都无法成为我的记忆写进回忆里。我不会为这些东西心动。与所有走出高考考场的同学一样，我也在等待十几年寒窗生涯公开宣判的那一天。

五百二十四分，我知道只能在西安上一个二本，我满足了。或者这对我来说是最圆满的结局，一个教育极度落后的地方，一个学习极度懒惰的孩子。然而在我的身后，一大批朝夕相伴的同龄人名落孙山，我的结果惹红了所有人的眼。我听到了他们的抱怨。或许高考之后，我还可以作为一个优胜者出现，这听起来多多少少有些可笑。过完六月、七月，在八月的头一天，我收到了来自大学的录取通知书。之后的四年，我将在西安文理学院学着怎样啃食书本，或许最后我只学会了堕落。之后的四年，我将起居于古老长安的某一个角落，这不正是我曾经日夜期盼的吗！走进都市的喧哗人流，我们不再拥有距离，可是我们又会拥有什么？

这个难得难过不会再有的假期里，我写了很多诗，开始频繁地登录博客玩弄那些不属于我的文字。我感到这个圈子的广阔，曾经的我何止是一只井底之蛙，我只是散落在黄土高原上一粒小小的尘埃，而且还是落在我家乡的土地上。我先后认识了这些活跃在文坛的"90后"朋友，由衷地感到快乐，感到自卑。张文胜，潘云贵，张玉学，李柏林，王彦庆，李滕，李达，还有我的尼姑妹……你们一个个先后出现在我的眼前，而后，我们成了朋友，或者有着某种牵引并不单纯的朋友。遇到你们之后，我渐渐感到在青春华年里，或许孤单寂寞的远远不止我一个，或许我并不是孤单寂寞的一个。青春，阳光的我们爽朗地笑，不言说忧伤，满眼的泪花闪动着一颗颗心的迹象……

九月是我生命中最伤的季节，不经意间，邂逅了十八年前同年同月同日生的人。短暂地停留后，我们擦肩而过，那个人影走失在茫茫人海，我只是你生命中连回忆都不会进入的过客，而你的经过和停留却在我的心上留下了一道深深的伤。那个时候，我的名字就叫"九月，少年伤"，过完那个让长大的少年流泪的季节，我将永远不谈过往，迎着下一天的朝阳，继续成长。

日子总是在浅吟低唱中悄悄度过。二〇一〇年，前半年我是一名高中生，后半年我是一名大学生。我前前后后生活在两个截然不同的世界，前者偏僻落后，后者繁华开放。我仿佛实现了人生最为华丽的蜕变，我不再是山里的孩子，可陕北高原那片赤红的土地永远温暖滚烫！

在关中平原这一个千年故都的现代大都市里，我学习、生活、成长，但并不感到陌生，因为我们曾经相逢过。重逢故人，谁不是满心欢喜！

安安静静，忙忙碌碌度过了之后的日子。在这年最后那一段日子中，过得平淡朴素。往来于宿舍与教室之间，穿梭大街小巷，看尘世浮云，览人生百态，以素有宁静恬淡的心态感悟生命。我在睡梦中会听到灵魂拔节生长的声音，我依然会在深夜独自咀嚼孤寂，往往思前想后，并不会感到寂寞，但总少不了心中隐忍的疼痛。渐渐地我终于知道，那是十八岁在我心底落下深深的沉重……

不管怎么说，高考、文字、青春或者其他都只是人生路上的一种点缀，短暂的一瞬，认真去做就好，而生活是必须放在心上全心全意去过的。每一秒钟的过去，都会成为记忆，写在这里也只为有一天我能够把它当作回忆记起。

在宁静还有月光的夜晚，对即将过去的这一年深思熟虑。二〇一〇年，我走得辛苦，举步维艰；二〇一〇年，我走得随意，无所顾忌；二〇一〇年，我走得圆满，硕果累累；二〇一〇年，我走得匆忙，丢了青春和梦想……然而生活总是充满鲜花的美丽芳香和阳光的柔软温暖，短暂的二〇一〇年，不平凡的人生，可爱的人们，被铭记的过往。那些美好的一切，那些一切都是美好的，我说不完，只能让岁月铭记双眸中闪烁的泪光……

第六辑

青春无悔

徐小白的幸福留在梦里

　　毛乌素沙漠南端是贫瘠的陕北高原，陕北高原地处黄土高原深处，在那里曾燃起中国红色革命的星火燎原。徐小白的家住在金汤镇一个偏远的山岭上，与英明远播的刘志丹将军的家乡隔着一条小溪。

　　在镇上初中念一年级的徐小白已经喝了两天的白开水。

　　中学建在小镇街道的尽头一个拐弯的山坳里，避风遮雨。小镇本来就偏僻不为人所知，学校就更不易被外界发现，似乎是有意掩藏着什么。传说闹革命的时候，这里曾藏过红军。

　　今天中午放学后，徐小白挤在涌往食堂的学生大群中，走进学校餐厅，围着餐厅转了一圈就出来了。在这样一个饥不择食的时刻，没有人会注意到他。徐小白站在餐厅的楼梯上，抬起头看天，天空阴沉沉的，像要塌下来一样。校园里的风刮起黄土，一阵一阵地旋转着从他身边经过，凉意袭人，眼前一片灰蒙蒙。

　　回到宿舍后，徐小白倒了一杯白开水，拿起就喝。开水壶里的水放了好几天，早就凉了，生了水垢，杯子底上留下一层白色的渣滓。徐小白渐渐发现，原来杯子里的水总是从杯底开始变凉的。

　　宿舍其他同学都去餐厅吃饭，还没有回来。一直都是这样，徐小白一直像是另类一样一个人进进出出，他感到寂寞，他总想哭，可是他早已习惯了一个人生活。穷人的孩子早当家，徐小白不光是穷人家的孩子，还是贱人家的孩子，他只能更早地当家，也只能当自己的家。

　　窗外的西北风偷偷从墙角夹着尾巴窜过，把整个世界迅速扯入深秋天。陕北的秋天干燥极了，一年四季雨水稀少，深秋天气几乎没有降水，有的只是一阵一阵的西北风夹杂着黄土黄沙的颗粒呼啸而过。人们脸上的皮肤会干裂得起一层皮，或者贴上一层黄土，像是蛇蜕皮一样。徐小白的嘴唇像是久旱干裂的土地，支离破碎，宽大的校服裹在身上，让他在秋的面前显得单薄、弱不禁风。

变天的时候，徐小白的左手腕总会骨裂般疼痛。

徐小白七岁那年，爸爸妈妈闹矛盾，整个家在几分钟内一片狼藉。爸爸妈妈之间像是世仇积怨几代一样大打出手，双方互不相让，下手一个比一个狠。他们彼此没有一丁点的感情基础，完全是为了了结人生大事，使自己做一回真正的男人女人，才靠媒妁之言、父母之命得来的这桩姻缘。在他们的非情感战争中，徐小白并没有躲过一劫，在妈妈甩手转身出门扬言要远走他乡、永远不再回徐家的时候，徐小白流着眼泪跑过去抱住妈妈的腿，不料一把刀子刺下来，扎进徐小白的左手腕。妈妈一个冷战瞪大了眼睛，一松手刀子便落在了地上。徐小白的手上鲜血流出几道血痕往下淌。她低下头看了看儿子的手腕，徐小白疼得哭成了一个泪人，可她还是在喘了喘气之后转身走了。

那把刀子是她想在迈出门槛后扔给徐小白父亲的，幸亏徐小白当了替罪羊，不然徐小白就很有可能早早地成了孤儿……

徐小白的手被生身母亲刺伤之后，母亲便半年没有出现。父亲也只对他的伤口做了简单的处理，在乱涂乱抹了一些药膏药粉之后，就用粗布乱缠乱裹一通。徐小白的手腕发过炎、流过脓，每当无法忍受的时候，他总是会用凉水一遍一遍地冲洗，水里的寄生虫便开始侵害这个可怜的生命。徐小白常常在夜里疼得不能入睡，一个人把自己捂在被子里，咬紧枕巾默默流泪。徐小白的心里还是很想妈妈，想她早点儿回来，他一点也不怪她。

爸爸就和他睡在同一个土炕上，彻夜彻夜地打鼾。

直到现在，徐小白的左手腕上仍然清晰地留着父母恩赐给他的伤痛，而且痕迹越来越大、越来越深、越来越痛，每当天气变化转冷的时候便痛不欲生。

父母那次闹得沸沸扬扬，整个村子甚至整个金汤镇无人不知无人不晓。小小的徐小白再也没法在别人面前抬起头来做人了。七岁的徐小白还很小，却什么都知道。

徐小白上个周末走了三十多里山路回家，可是没有拿到生活费。爸爸妈妈吵架，妈妈跑了，爸爸就去追，十天半月不见人影。这在徐小白的家里总会隔三岔五地发生，徐小白慢慢习惯了。他在努力适应做一个孤儿的生活，

也许真的成为孤儿，自己会过得好点，至少心灵上会好受些。徐小白不止一次地这样想。

徐小白知道，爸爸妈妈都是不安分守己的人。这一切，都是穷惹的祸。穷是会要人命的。同村的李大爷就是因为家里穷，四个儿子都穷，都不养他，老伴死得早，就他一个人孤零零的，最终被活活饿死在了土炕上。死了十几天都没人管，最后还是村里人随便挖个坑给埋了。李大爷一生，把四个儿子养大成人，看着他们成家立业，最后却连个收尸的人都没有。

徐小白躺在被窝里裹紧被子睡觉，满脑子都是爸爸妈妈吵架的场景，只觉得脑子要炸开了。徐小白用被子使劲蒙住头，一觉睡着就没有及时醒过来。下午上课，宿舍的同学走的时候都没有叫他。

徐小白上课迟到了，被历史老师骂过之后，又被带到班主任那里。班主任是一个二十五岁的男人，大学毕业不久，在学校被称为"快手展昭"，扇学生耳光是他的一绝。

徐小白站在班主任面前，深深埋下头，瘦小的他像一个虔诚的教徒，一个跪拜在教皇面前没有思想，连气都不敢喘的教徒。

徐小白回到教室，四个手指头粗大的痕迹挤满他瘦瘦的脸蛋。徐小白的脸颊发烫，同学们都冲着他笑。那些笑声像是破碎的玻璃渣子，全部飞溅到徐小白的脸上。徐小白站在教室门口，仿佛把灵魂摔到了地上，怎么拉都拉不起，他想挪脚向前走，可是任凭他怎么使劲都动不了。那一瞬间，徐小白像副僵尸杵在门口，眼前的教室是一座盛大的教堂，教堂里挤满了所谓信奉上帝和安拉真主的人。

"愣怂，赶紧滚回座位。"正在上课的政治老师狂吼道。

讲台下面哄然大笑，唏嘘一片。

徐小白的一滴眼泪落下来，摔碎在大理石地板上。

坐在教室里最后排的徐小白没有心思听课，脑海中无数画面一个接一个闪过，可到底是在想些什么就连他自己也不知道。徐小白想看清楚，可是不管怎么努力都无济于事。营养不良、精神压力让他的一切都开始退化，记忆里减退，视力模糊……徐小白就是一具行尸走肉。

徐小白用手展平仍在桌子上那张被揉搓成团的纸。期中考试政治试卷，徐小白三十八分，满分一百二。三十八分是用蓝色笔写的，在蓝色分数的上面，一个用红笔打的分数——一百零七，早被蓝色笔横画竖画画得模模糊糊，可是不管怎么样，试卷背面都可以清清楚楚地看到一百零七鲜红的印迹。

同桌的女生像见了鬼一样往桌子另一端挪，斜着脸，瞟了徐小白几眼，盯着他掉成白色的短袖发出一丝轻蔑的笑声，用鼻子哼一声嘟囔道：

"死远点，饿死鬼，免得让本小姐沾上晦气。"

徐小白的心里不是滋味，想找个地缝钻了。

从开始上学到现在，徐小白天天都看着这样的眼色上学。他自卑，他是这个世界上最自卑的人，他不会拥有常人健全的心志。从小，他就活在别人的歧视中。可这都不是他的错，他还是个孩子，孩子能有什么错呢！

徐小白快要疯了。

有时候，徐小白有想杀人的冲动，可是善良的他怎么下得了手啊！他宁愿把自己杀了。

晚上的时候，同寝室的人都睡了，徐小白打着手电筒蜷缩在被窝里看《平凡的世界》，把自己裹得严严实实，生怕有一丝光线漏出去。

徐小白知道《平凡的世界》获过茅盾文学奖，知道那是自己的老乡写的，他也希望有一天能像自己的老乡那样，可是自己连一本书都没有完整地看过。

徐小白手里这本《平凡的世界》是一个书店老板送给他的。

星期六中午放学，徐小白总要去那家书店看上老半天，但是从来不动书架上的书，更不曾买过书。他只是觉得这里有好多书，书店有一个很好听的名字。如果可以，他想把这个书店买回家。他也想写书，然后把自己的书放在书架上，放在那整齐的书丛里面，那样他就不寂寞了，他的文字也不寂寞，有那么多书陪伴着。

上个星期六，书店老板在把书递给徐小白的时候说："以后不要再来了。"说着说着，就把他从书店里推了出来。徐小白站在人行道的国槐树下，满眼泪花。一辆霸道越野车从面前的街道上急速驶过，徐小白头晕目眩，四肢发软，他靠在国槐树上，久久之后抬起脚迈着碎步蹒跚离开，落在夕阳下的背影像极了一个七旬老叟。

徐小白只会在晚上的时候看《平凡的世界》，总是看着看着就会止不住地流眼泪，边看边流泪然后就不知不觉地睡着了，撅着屁股，头杵着，两只手撑在书的旁边，《平凡的世界》像个婴儿一样躺着怀里。

徐小白的样子可笑极了。晚上起夜的舍友看到，白天就和同学讨论，说他做春梦……

晚上睡着之后，手电筒并不会自己关掉电源，很快电池就被耗尽，徐小白的夜晚没有了光明。《平凡的世界》只能在白天的时候偷偷去看。他不敢让别人看见，别人会说书是他偷的，因为他没钱买，别人会说都快成饿死鬼了还看书，看了也白看，就是废物一个，就是一头猪。这个时候的徐小白比青藏高原的生态更加脆弱，他再也经不起别人的恶语中伤了。

徐小白晚上总是睡不着，而且不能看《平凡的世界》。他思前想后，就会出去坐在升旗台的阶梯上看远方的山，看天上的星星，看对面楼上那户亮着灯光的人家……看着看着两行眼泪就刷刷地往下流，心里委屈死了，徐小白想要一个温暖的怀抱，一个温暖的家。

被值班的老师发现了，徐小白被冠上夜不归宿的罪名，自然就不用再回去睡觉了，被罚在旗台底下站一晚上。

"不准动，老子会看着的，动了老子弄死你！"

徐小白硬着头皮站着，身上不住的打冷战，一个接一个，像吃多了摇头丸的舞女一样全身抽搐、摇摆不定。

徐小白不敢动，这个老师他认识，上次一脚踢在膝盖上，一瘸一拐半过了个多月。

深秋的夜，会在凌晨的时候落下一层一层的霜。徐小白单薄的身体一次又一次地失去了直觉。徐小白平日里暗淡无光的眼睛，在沾满冰霜的睫毛下透出异样的光芒。

眼看秋天就要过去了，学校周围柳树上的叶子止不住地一片一片往下掉，哗哗啦啦的，这种凋零的声音很好听。徐小白喜欢这样的景色，枯黄的叶子泛着一点点绿色在夕阳金色的光芒中，飘转着落下来。他站在树下，仿佛要被覆盖一样。徐小白伸手接住一片叶子，放到嘴里轻轻一嚼，满嘴的苦涩，徐小白嚼到了冬天的味道：萧瑟、寒冷，默默死亡的气息。

徐小白没有一件可以抵挡西伯利亚酷寒的棉衣。

清个亮亮的天哟
黄个灿灿的山
那个山山哟山峁峁间
谁家几只牧羊犬犬儿欢
刘大姐哟，回家了（liao）
炕头的娃儿哭破了喉
…………

学校后边的山头上传来熟悉的信天游的歌声，这些歌声在苍凉的大地和空旷的天空下总是悲凉的，像一把利剑穿破空气直插徐小白的心脏，痛不欲生。

爷爷最爱唱陕北民歌了，年轻的时候身上带着股戏子的模样，略有些不落俗套，不为封建羁绊。徐小白小的时候，爷爷总是唱民歌山曲儿给他听，如今他一听到信天游的调调心中就由不得的激动，就会不由自主地泪落纷纷。

徐小白出生那年是冬旱之年，家乡每逢大旱，粮食必定减产，甚至颗粒无收。大年初七黄昏的时候徐小白呱呱坠地，土窑洞山头上空的云彩蜷缩成一条龙的样子，它在夕阳的映照下熠熠生辉，无边苍穹泛白，龙的四周空旷无比，显得孤立无援、寂寞无助。

村里所有的老人都说这是不祥之兆。家乡的习俗认为初七是个不吉利的日子，正月初七是一年十二个初七中最不吉利的，加上徐小白出生那天天上的异常景象，村里人都认为他是一个怪胎，认为他是妖孽，认定了他会给村里带来灾难。

徐小白是爷爷拼了老命保了下来的，为此还被剁了一根手指头。这是习俗，指可代子，但是只可代一次。

好像真的像老人们说的一样，徐小白出生那一年，天大旱，庄稼几乎颗粒无收。全村人都把罪过怪罪在徐小白头上，谁也不去说那些天天祈祷上天降灾的老人们。徐小白被年成不佳害成了罪魁祸首，他成了整个村子

第六辑 青春无悔

的过街老鼠，人见人骂，狗见狗咬。

就在徐小白九岁那年，又一次大旱，秋收之后，爷爷就死了。死得一点迹象都没有。

徐小白放学回家后，跪在爷爷的尸体前哭得死去活来。徐小白知道，他再也不能在夏天的夜晚坐在院子里那棵老枣树下听故事、看星星了，再也不能在爷爷的腿上睡着，然后调皮地撒了一泡尿。

从那以后，徐小白的所有伤心事，都会对着那棵老枣树说。可是爷爷死后第二年春天，那棵枣树就再也没有长不出叶子，她枯了。小叔小婶当把她柴劈掉烧火了，一缕一缕的青烟飘上天空，徐小白想它一定是去找爷爷了，他也想飞起来，飞到天上去找爷爷。

徐小白渐渐远离了身旁的这些同龄人，越来越远。他不想说话，觉得没什么可说的，他也不和同学们一起做游戏，他只要稍微快乐一下，眼前就会出现爸爸妈妈的影子，就会想起爷爷唱歌的样子，他快乐不起来，笑不出来。

很多时候，徐小白感到心一阵一阵地疼。

徐小白围着操场边沿一圈一圈地走，操场边的那一圈柳树落叶飘飘，细小的声音咯吱咯吱的，都是树叶被踩得粉碎的声音。徐小白一下子瘫软下去，其实这早不是第一次了。徐小白醒来的时候，太阳已经落山了，夜幕轻轻笼罩过来。陕北一旦进入冬天，白天就会骤然变得很短，黄昏就如白驹过隙，夜晚来得异常的早。

徐小白撑着准备爬起来的时候，手掌按到地面上的一个东西，圆柱体的形状，表面凹凸不平。他下意识地猛地抓起来，一节干电池，他如获至宝。不知不觉，徐小白竟然站起来了。

徐小白艰难地挪动脚步，慢慢朝宿舍走回去。他感到整个世界寂静得没有一点声音，扑通一声倒在床上就睡着了，做了一个梦。

徐小白梦到他真的买了那个书店，爸爸妈妈每天经营着书店，他白天上学，晚上就躺在书堆里睡觉。家里竟然多了一个弟弟，长得可爱，白皙的脸蛋胖胖的，有事没事就在他面前笑笑，在爸爸妈妈面前笑笑，他会伸出手捏捏弟弟的脸蛋，一家人便沉浸在欢笑的海洋里。陕北并没有被中国的计划生育普及到，像徐小白这样只有一个孩子的家庭应该只有他们这一家。爸爸妈妈自从生了他之后就开始不务正业，整天往外跑，自然没有心思再给他添一个弟弟了。梦里的一家四口，其乐融融，徐小白也不是一个人，他不再感到寂寞，每天脸上都带着笑容。

半夜的时候，徐小白猛然醒来，他觉得刚才的那个梦就是他的幸福，他惨白的脸上终于泛起了淡淡的微笑，可是别扭至极，徐小白从来没有笑过，好像那样的表情本来就不属于他，他的神经不具有笑的功能。

徐小白还没有看完《平凡的世界》。

第二天徐小白没有按时起床，早操没有去上，上午的课文也没有去上，早饭也没有去吃。班主任气愤极了，之所以气愤是因为自己的学生没有上课，没有上操，而不是自己的学生没有起床吃饭。

班主任中午放学来到宿舍，一脚踹开宿舍门，大吼徐小白的名字，像一个剑客练得神功后寻了十年杀父仇人一样气势汹汹。他见徐小白作声，便愈发声音洪大，生怕小镇上会有人听不到他在训学生。这个时候宿舍的其他同学回来了，鬼鬼祟祟跟在老师后面嬉皮笑脸地说：

"又有好戏看了，咱们就等着乐吧。"

隔着被子都能想到徐小白撅着屁股、头杵着看书的姿势。窗户外的阳光透过蒙了一层灰尘的玻璃照进来，冬天难得见到这样明亮的阳光，窗棂把阳光隔成一束一束的，一束一束的阳光把宿舍分割得支离破碎。

班主任一把扯开被子，狠狠扔到门口角落的垃圾桶上，然后顺手往徐小白的后脑勺上拍了一巴掌。

徐小白没有丝毫反应。

班主任却感到手掌有些疼，像拍到冰块上一样冰凉。他看到徐小白床上的手电筒发出微弱的光，在白天的光线中完全可以忽略不计，从床上滚下去掉在地上摔得七零八落。一本《平凡的世界》合着放在徐小白的身体下，崭新的仿佛从来没有被翻动过。

班主任突然表情恐慌，不由得"啊"了一声，转身大步走出宿舍。他身后的学生发出见鬼般的尖叫，一涌而出。

经常在学校拾破烂的老头，在垃圾堆里翻出《平凡的世界》。老头是校长的亲戚，仿佛学校的垃圾场就是他的御膳房，捡破烂的只有他可以靠近，别人都不行，其他人来捡破烂就会遭到学校保卫科的驱逐。

老头在抖掉《平凡的世界》上面的土的时候从书里面抖出来一张纸条，歪斜的字迹明显营养不良：请您把它还给幸福路三号幸福书店的老板常幸福，谢谢您，祝您幸福。

老头没有多想什么，把书放在地上踩了两脚，只希望它变得平整些，少占些地方，然后拾起来一把扔进垃圾袋里了。

你不适合离家出走

一

我甩开母亲的双手，转身夺门而出。

母亲脸上挂着两行泪水，嘴里不停地念叨着："小染、小染……"

父亲站在母亲身后，举着拖把，大声吼道："你给老子滚出去，就再别回来！老子一天辛辛苦苦拼死拼活地挣钱，却到被你拿出去挥霍……""老子不都是为了你！"……

大杂院里的老老少少都在看我们家的笑话，没有人出来平息这场父子之战，而我只有被打的份。母亲刚开始还坐在一边冷眼旁观父亲对我的教训，马上看到父亲下手太狠、情形不妙，便上来阻拦，结果被父亲一棒抢过来没收住，打在母亲手背上，立马红肿起来。我的心猛得一揪。

昨天一天没上课，班主任把电话打到家里了。让爸爸很没面子，说他脸上挂不住，加上我昨天晚上没回家，今天一大早回来就被父亲劈头盖脸一顿恶骂，刚开始我还时不时地回一句："那有什么呀，又不是我一个人这样。"

父亲一个巴掌抡过来，我觉得脸蛋都碎成一瓣一瓣的了。爸爸的手，粗糙、干燥，像截木头一样生硬，我的脸难担重负，疼得像被刀子划一样。父亲接着就是一脚踹过来，我的肚子里火辣辣的，感到肠子都被火烧断了。

爸爸像是疯了，瞪着双眼，很少发火的他满肚子的气好像立马就会核爆炸，所释放的能量无可估量。

从来没有见过父亲这样的表情和状态，我畏惧了，一步一步往后退，我开始用发抖的声音承认错误，他表现出今天非打死我不可的执着，甚至那样都消不掉他心头的气愤。我要活着，我想逃，我想跑出去，再也不要回来。空白的脑子里，很快奔出一个词：离家出走。

还没等我回过神来，父亲砸下来的木棍打到了母亲的手背上，母亲的手放在我的肩上。妈妈的手立马红肿起来，我仿佛听到了骨头断裂的声音。伤心，纠结，不知所措，此刻的我觉得父亲不是人，我想带着妈妈从他的世界里消失。从小到大，母亲为我吃了那么多苦，我不要有人伤害她，我要让她享福。

我一转身，跑了。母亲立在身后，默默地流泪。

二

初一的课程很简单，不用怎么学就可以学好的。爸爸的要求总是太高，每次考第一也嫌不够好。每次爸爸都要喋喋不休地教训上老半天，而别人家的孩子，就算是考最后一名，也是会被带到肯德基、麦当劳美美撮一顿，而我对这些地方真的从来没有产生概念。

去年考初中，因为一分之差考了全县第二名。父亲便懊恼了整整一个暑假，我也跟着懊恼，只能在爸爸不在的时候偷偷跑出去玩。关于这个母亲说了无数次，可是没有什么结果，在爸爸的面前，妈妈的话就是他放的一个屁，从不算话的。

我从城市边缘走进城中心那繁华的闹市，川流不息、车水马龙。三年前跟着爸爸妈妈打工搬来到这个城市的边缘居住。三年了，这个城市在我的眼中依旧那么陌生，好像今天才是我和她的第一次亲近。

高楼大厦鳞次栉比，理发店门口疯狂的音乐声震耳欲聋，仿佛那些飘动的音符就要把我冲上天空，我的体重太轻，一米六，四十三公斤。

红日当头，夏天已经悄悄来临，我突然想起老家夏天那美丽的景色，乡村总是清新亮丽的。如果没有搬到这里来，这个时候，或许我还可以和妈妈坐在门口的柳树下听她给我讲我小时候还有她小时候的故事。妈妈坐在树下讲，我爬在树上听，过路人和母亲搭讪，然后冲着我微笑说："真调皮的孩子。"

来来回回穿梭在大街小巷中，在这个城市里，我一无所有，一无所知。

找了一下午的活来干，都被人家毫不客气地赶了出来。问我年龄，十三岁，大多数人便都不再理我了。有些好心人还会捎带说一句："小孩子回学校去好好上学，出来打什么工啊！"然而大部分人都是冷眼相对，对我的出现和求职带理不带理的。很无奈，也很无助。

身上带的一块钱，在跑出来的时候不知丢到哪里去了。本来以为自己还是有资本的，现在真的身无分文了，我有些茫然失措，心头的委屈和对爸爸的那点怨气早就消失不见了，可是也不甘心，觉得不该就这样回去，那样也太没面子了，以后就更没办法活了。

心中那一种所谓的坚强支撑着我在大街上寻觅工作，夜幕在不知不觉中缓缓落下来，街灯四起。

最后经过我的一番苦心哀求，在一家理发店做了打杂的。老板是一个和母亲年龄差不多的妇女，本来是在招聘杂工的，可是嫌我年龄太小，又怕我是什么社会不良青年，经过深思熟虑之后还是耐不住我的死缠烂磨，同意留我在店里做了。但是有一个要求，要对来店里理发的人说我们是母子关系，她说她承担不起雇佣童工的罪名。

这个让我觉得有些不可思议，找个别的关系也行，干吗一定要是母子关系呢？不过无所谓了，能找个地方落脚混口饭吃就不错了，还哪有资本去挑剔这些呢！

我每天在店里，扫地拖地，给顾客洗头发、吹头发……做些给老板娘打下手的事情。刚开始的时候，因为之前没有做过，没有经验和技巧，会在给别人洗头的时候抓破别人的头皮，顾客脾气好的会笑着说声没事，脾气不好的就会当场破口大骂，或者是在给别人吹干头发的时候没有吹出人家想要的发型效果……这些都会影响店里的生意，也会给老板带来不少不必要的麻烦。出现这样的情况的时候，老板一般是不收顾客钱的，有时候还要倒贴。

感觉她人还不错，对于这些从来没有骂过我说过我什么，只是说以后注意点就好了。

刚来理发店工作的日子里，每天晚上我都跑到旁边不远的一家网吧里去睡觉，骗老板说是回家了。网吧里，每天晚上都有很多和我年龄差不多，或者比我大一些的人在上夜机。我在一个角落，拉两把椅子一拼，蜷在上面睡觉。很多上夜机的人，上到半夜都会这样睡觉的，所以网吧的管理人员并不会注意到我，就算发现了也会不以为然，因为他们也是给别人打工的。

为此，我常常在心里暗暗窃喜。可是总会有些意外发生，有一次一觉醒来竟然发现自己的裤子被扒了，扔在椅子底下。很庆幸，他们并没有把裤子拿走或者扔到别的地方，不然我真的不知道自己那天天亮之后该怎么走出网吧。

自那以后我再也没有在网吧里过夜了，然而我却在无意中发现自己的大腿上出现了一个红色的斑点。不知道怎么回事，我想了各种各样的情况和结果。

很多个晚上，我在大街上游荡，大街上路灯通明，霓虹闪烁，城市里的夜景也很漂亮，而一条又一条长得没有尽头的街道，却没有一个角落是属于我的。夏天的时候，夜晚并不会冷，反而很凉爽，随便找个地方坐坐看看星星月亮，再打一会儿盹，天也就亮了，新的一天又开始了，然而对于我似乎没有什么新的变化。我渐渐发现，自己的青春变得腐烂，那么没有意义和价值。不满十三岁，我究竟做错了什么？

第六辑　青春无悔

三

理发店的老板每天会管我三顿饭，伙食还都很不错，并不比家里的差。我每天也没有多少事情，干的活不多，也不累，大多时候是坐在门口的椅子上看着大街上过往的行人发呆。看得多了，就会想起很多事，也会想明白很多事。

路上的行人那么多，干什么的都有。每天放学的时候，都会有一群一群的学生背着书包从我的眼前走过，我感到他们很熟悉，总是看着看着就不由得冲着他们笑，感到自己似乎有些痴傻，但是有时候也会收到一个学生突然间回头的笑容，干净阳光的样子让我的心里产生暖暖的温柔，心里隐隐约约感觉到了世界依旧那么美好。

就在这个时候，一个妇女牵着一个小孩的手从理发店门口走过，后面一个男人提着大包小包的东西。突然就想起了爸爸妈妈，我哭了，潸然泪下。老板走过来，拍拍我的肩膀，摸摸我的头说："好孩子，改天回家看看。"我顿时感到一种爱和温暖，忍不住在她的怀里疼哭失声。

平静下来的时候，想起老板刚才的话让我感到诧异，我从来没有给他说过我晚上没地方住，不回家的，而且每次走的时候都很小心地避免让她发现。她怎么会知道我很久没有回家了呢？也不知道该怎么问她，又怕一问她她就不要我在这里干了，就忽略了这件事。

晚上的时候，老板对我说："小染，最近街道上不太平，附近几家店铺接二连三地在晚上丢东西。你每天晚上回家，第二天早上再来也挺苦、挺麻烦的，阿姨看你能不能晚上住在店里，顺便照看着点。"

我的心里乐开了花，觉得天上掉馅饼，不住地点头。总算再不用为晚上的着落发愁，也不用再坐在大街上看星星月亮，看着看着就睡着了，醒来之后才发现天已经亮了。高兴之余也会发现，这儿大街道上貌似一直都很平静，总之我从来没有听说过有谁家的店铺被偷了。

晚上睡在店里的床上，感觉真舒服，好久没有在床上睡觉的感觉了，惬意温馨浑身舒坦，觉得就算一觉睡死都值了，猛然间发现自己已经很久没有睡过觉了。可是今天老板的行为和话语让我感到很不正常，但是她的人给我的感觉还是不错的，就没有多想什么了。从此之后每天在店里起居工作，老板的理发店仿佛成了我的家。

四

理发店的生意不温不火，我仍旧每天有大把的时间坐在门口的旋转椅上看街道上来来往往的行人。很多时候，莫名其妙的眼眶里就会泪光闪闪。时光荏苒中，三个多月的时间就这样悄然逝去，一百多天没回家了，好想回去看看。明天新的学期就又开始了。

"小染，快来洗头了。"老板在后边给一个女孩剪头发，顺便喊我。我从发呆中被叫回现实。

嗯了一声，我站起来走到后面的洗发床前。看到洗发床上躺着的人我惊讶得差点大叫出来，禁不住向后退了退，脑子里一片空白，不知所措，不知如何是好，傻傻地站在那里一动不动。

"来吧，给我洗个头，我剪个头发。"他平静地说，声音是那么熟悉，却多了一些沙哑。

我仔仔细细地给他洗头，发现他竟然在这短短的几个月时间里添了这么多的白发，在头发中异常眨眼，刺的我眼睛一阵一阵地发疼，泪水不由得掉下去，落在他的头发上，落在掉下他头发的水槽里。

洗完头之后，老板在给他剪发的时候，他们两个人不停地谈话，不知道在说些什么。我的心里很乱，六神无主，依旧坐在门口的椅子上，低着头。

"染儿，跟爸爸回家吧！"他突然站在我旁边说。

不知道什么时候，老板已经给他剪完头发，在后边收拾我的东西了。

我抬起头看他，看到他的眼里隐约含着泪花。我再也忍不住心中的思念和寂寞了，扑到他怀里，放声大哭。他的胸膛，依旧那么温暖，我能感觉到他的心脏在扑哧扑哧地跳。

老板看到这一切，表情镇定，嘴角泛着微微的笑容，仿佛眼前的这一幕早就在她的预料之中出现了。这个反而让我感到困惑。难道是他知道了我的事情，去找了我的父母？……

我跟着爸爸走出理发店的时候，爸爸说："妈妈做好吃的，在家里等你呢。"

一路上，爸爸不停地问我这段时间里的事情。我的有些回答，他说知道，然后又赶紧改口说不知道。是打车回家的，很快就到家了，在我的印象中，这是爸爸第一次打车。爸爸变得祥和、温暖。

走进家门的时候，天已经黑了。屋内熟悉的一切在灯光的照耀下温暖如故，一眼就看到我的床上多了一摞新书，一个新书包，一双新鞋和一套新衣服。看到眼前的母亲，我再也说不出话了，两腿一软跪倒在他们面前，眼泪止不住地流。

妈妈哽咽着说："宝，赶紧过来吃饭，都是你爸爸昨天逛了一天的菜市场买的菜。"

吃饭的时候，我看到妈妈的脸上起了好多皱纹，爸爸的额头上竟然多了一道疤。

五

今天是周末，学校放假，我去理发店看老板阿姨了。那段时间里她给了我不少照顾，很感谢她。她不仅给我管饭、管住、发工资，还给我买过几件很贵的衣服。可是我从来没有见过她的丈夫和孩子。

在那个曾经坐了三个多月的转椅上坐着和老板聊天，聊我这几天在家和学校的事情，她听到我过得很好，脸上便露出了幸福的笑容。我突然就感到脑袋发晕，全身发软，一不小心就滑下椅子倒在地上，想爬起来，可是不管怎么努力都使不上劲。

之后就感觉到自己一会昏迷，一会清醒。模模糊糊中看到老板焦虑的表情和满脸的担心，匆匆忙忙地打了"120"把我送到医院。

我醒过来的时候，老板坐在床前。"已经通知你的爸爸妈妈了，他们正在往过来赶。"她的声音里还可以听出紧张和颤抖。

这个时候医生走过来说："让你儿子好好休息，你跟我出来一下。"

她刚要关门的时候爸爸妈妈进来了，又跟着他们出去了。

我一个人躺在病床上想自己为什么会这样，自己不会出什么事情要死了吧。想着想着就想起了那次在网吧被人扒掉裤子，之后便发现自己腿上多了一个红色的斑点。

过来一会，爸爸妈妈进来了，老板却没有进来。妈妈断断续续地嘴里发着颤音说："理发店的阿姨回去关店门了，急急忙忙送你来医院，理发店的们还一直开着呢。""我们得好好感谢她，要不是她……"

我看到爸爸动了动妈妈的胳膊，妈妈说了半截子的话就那样打住不说了。

做过手术后，我的身体开始渐渐恢复了。我做的手术是换血，我全身的血液都被换掉了。做这个手术的要求是必须有一个体重超过我两倍的人捐献血液，才能保证满足我的手术需要，而捐献者又可以维持生命，之后就靠两者自身慢慢生成足够的血液。前提还要我们的血液配型成功。这样的人，恐怕在全世界也找不到一个，就算能找到，可是又有谁会冒着生命危险来献血呢？

住院之后老板来看过我一次，之后就再也没有见到。今天我就可以出院回家了，体内的血液还没有达到正常比例，正在一点一点地慢慢生成。

六

"染儿，是理发店的老板给你捐献的血液，没有她你就活不下去了。"妈妈语气悲伤地对我说。

爸爸坐在一旁按着妈妈的话说："我们觉得这个事情不应该瞒着你的，应该让你知道是谁救了你。"

妈妈从柜子里拿出一个包裹放到我的面前，说："这是阿姨让我们给你的东西，她还让我转告你说她很喜欢你，希望你快乐地成长。"

我打开包裹，里面放着一套白色的新运动服，叠放得整整齐齐。运动服上是一个用报纸包着的东西，我打开的时候惊呆了，里面是厚厚的几沓现金。现金下压着一个信封，我拿起信封，里面装着一封信。阿姨在信里这样写道：

亲爱的小染：

当你看到这封信的时候，相信你已经恢复了健康，又开始了那么阳光、那么自然的成长，相信一个十几岁的少年，在他的生命里，是不应该有黑色的阴影和伤痛存在的。那段时间里，你来到理发店，给阿姨带来了很多的快乐和安慰。从那之后，你消除了我在日子中难挨的寂寞和思念，让我感受到了一种温暖和亲人的感觉，也让我想起了许许多多以前发生的事情。往事一幕幕，回想起来，总让人潸然泪下。

在你六岁的时候，我的生命中发生了让我永远都不敢回头想起的事情。恐惧、折磨，当时我连活下去的勇气都没有了，苟延残喘在这个世界上，我是一个不完整的人，就连人生也变得残缺不全。在一个狂风呼啸的夜晚，我失去了六岁的儿子。先天的心脏病加上突发的高烧引起小儿麻痹，小墨死的时候样子抽搐得变了形，而我看着那一切却无能为力。我听着小墨一声一声地喊妈妈，当时我的心都碎了，看到他痛苦的样子，我真想替他受过。我当时就在祈祷上苍：如果小墨可以好好的，我立马就撞死在医院的墙壁上。可是小墨，终究还是没能熬过那个晚上。他走了，我的心也死了一大半。

在小墨离开之后，我和小墨的爸爸都陷入到了无尽的悲伤之中，刚开他还会时不时地安慰我，渐渐地这一切让他感到厌烦。他想再要一个孩子，而我却怎么也走不出小墨留下的阴影，我感觉自己那段时间活在精神失常的状态中。由于不能安心正常地教学，我被学校领导开除了。阿姨之前一直是初中的语文教师，小墨的爸爸是一家律师事务所的高级律师。我们一家的日子在小墨出事之前过得也算幸福美满，可是造化弄人，一切不可预料的事情都会在突然间袭来，让你不知所措。

小墨的爸爸要带我去医院检查，说我得了精神病，要送进精神病院治疗。去医院检查的时候，却发现了另一个让我、让小墨的爸爸都无法接受的检查结果。医生说我得了子宫癌，而且是晚期，由于我平时的情绪问题加速了癌细胞的扩散，要想继续活下去只有一个办法，那就是切除子宫。医生的话对我们来说无疑是一道晴天霹雳，会把我的家庭和生活劈得四分五裂。小墨的爸爸花光了家里的大部分积蓄，找了上海一家比较好的专科医院给我做了手术，手术很成功，我很庆幸地活了下来，而我已经不是一个正常的人了。

我康复之后，小墨的爸爸在一天晚上给我递来一张纸：离婚协议书。

我并没有看内容，直接签了字。我知道，换作任何一个男人都无法接受像我这样的女人，我的心中没有抱怨。小墨的爸爸搬走了，他把房子和家里的这些东西全部留给了我。从此之后，我们各奔东西，未曾相见。我卖了房子开了之前的那家理发店。如今理发店，也被我卖掉了换成了这些钱。

　　在这个世界上我已举目无亲，父母亲在我结婚第二年便双双病逝，没有兄弟姐妹，自己又出了这些事……但是之后我还是想通了，不管发生什么事情，都要坚强地活着，好好地活着，人活着不能只为了自己，世界上的每一滴阳光都是温暖跳跃的，相信爱可以感化一切。你是在我生命最后的这段时间里遇到的很珍贵的人，我们也算是缘分所致。我的这些东西送给你，希望能对你有用。

　　小染，你的爸爸妈妈很爱你。在你第一次来到理发店的那个晚上，他们来找了我，说了你的情况，给我放了一沓钱让我好好照顾你。他每天晚上都会在一旁看着你的，我之后让你住在店里不仅仅是因为担心你，也是不想看到一个父亲白天在工地上操劳，晚上还要彻夜守候自己的孩子，没日没夜的付出而不辞劳苦。你一定看到爸爸头上的那道伤疤了吧，就是白天在工地上干活的时候打盹了被掉落的钢管砸的，缝了好几针。妈妈也想尽了一切办法挣钱攒钱，说要让你过得更好，很多时候她也会默默地出现在某一条长街的尽头，在昏黄的灯光下表情紧张、焦虑、纠结。

　　你的腿上的那个红色的斑点其实你的爸爸妈妈一直都是知道的，那个晚上，一群衣着正式的人趁你睡着的时候，在你的身上动了手脚，是爸爸妈妈的出现阻止了他们的恶行继续进行，当时网吧里的人很多，他们也不想闹出事情来。后来听说那家网吧被查封了……

　　挡不住时光的流逝，现在已经是晚上一点多了。默默地、静静地思考很多事情，你没有长大，很多事情都不懂，只有一点点经历，一步步成长之后，才会明白更多的事情。不管怎么样，记住一点家永远拥有最温暖的情感底色，生活不会完全如意，但是只要新的太阳升起，世界仍旧会阳光灿烂，青春的你就应该焕发青春活力，阳光快乐地生长。

　　小染，安好。你不适合离家出走。

李爱容亲笔

二〇〇四年九月十五日凌晨

李爱容阿姨上个月癌症复发了，是因为主刀专家在七年前那次手术中的一个疏忽，残留了一粒微乎其微的带癌细胞在体内，这次谁也无能为力了，要切除只能切除她的身体了。在给我捐献血液之后的第二天李爱容阿姨就离开了，去了天堂。我知道她再也不用对儿子日思夜盼了，真的希望她在天堂里能一切安好。

海灵的黄昏

"大家好，我叫徐小染，双人徐、大小的小、染色体的染。我的家在海南三亚，我原来在美国的哥伦比亚大学上学，以后和大家一样，就是海灵旅游大学的一名学生了。我么，爱运动、玩音乐、码字，'90后'天真但不脑残的一代。"站在讲台上说完这些，我微微一笑，深深鞠躬。

"好帅啊，还是大海边来的。"

"他的眼睛真好看，眉毛也不错。"

"哇，又是一个富二代。"

"好白的皮肤哦……"

"蓝蓝，你看，身材不错啊，如果可以……"

…………

我听到了底下我的这些新同学关于我各种各样的议论。好像她们是在打量一个被介绍来和她们相亲的人。然而在这个时代，相亲听起多来是一个多么搞笑的话题。海灵旅游大学的这些学生身上都带着青春时尚的气息，前沿、潮流，好像所有关于时髦的名词都可以用在他们身上。

海灵市依旧那么美丽，我离开这里已经十二年了。她的天空，白云点缀蓝天，她的大地，绿水环绕青山。而我的心中一直铭记并怀念的是她的黄昏，那一抹夕阳下早已模糊了的印迹，却是留在心中永远无法抹平的伤痕。如今，我重新踏上这片土地，走在故乡的怀抱中，感到温暖舒适。

二〇一一年四月，爸爸在我的强烈要求下，找了很多人，在太平洋上空来回飞了好几圈，把我从美国转学回到中国了。而他却行走在洛杉矶匆忙的人流中，或者安坐在办公大楼里日理万机，这样就会有大把大把的钞票流进我家的银行账户。

"你怎么真的回国了，你爸爸妈妈同意你回来吗？"

"嗯，我在家里是极度自由的，我的爸爸一般都不管我。从小到大，我一直都是一个自强自由的孩子哦。"

"那你的学业呢？虽然海灵旅游大学在国内也是一流的大学，但在国际上却不值一提。而你在美国的大学却是世界名牌大学啊！"

"呵呵，学校并不具备培养人才的能力，是人才培养了一个学校的品牌，像海灵旅游大学，我相信在不远的将来就会有人成就她的品牌。"

"你知道吗，海灵是一个很美的城市。"蓝蓝在说这句话的时候，眸子里仿佛有一眼活泉缓缓流出，长长的睫毛挑逗出整张脸可爱的表情。微笑的时候，樱桃般的小嘴边，两个小酒窝若隐若现，甜蜜醉人。在夕阳金色的光芒下，像是一幅画，蒙娜丽莎般的美丽动人。

我不作声，朝着她点点头。她轻轻拽着我的胳膊说："美国的黄昏会是什么样子的呢？"

我没有思考便回答她也很美，可是此刻我又走回了海灵的黄昏，走回了这个以黄昏闻名世界的旅游城市。

爸爸在海灵市静海公园给我买了一套房，以后我便住在那里。海灵虽然是我的家乡，但现在似乎已经找不到和我有关的任何东西了，包括那些血脉相连的先祖和亲人，爸爸也从来不和我提起这些事情。从我住的地方到学校走路大概二十分钟左右的样子，是我今天白天走回来的时候大致计算的。

"给我看张你的照片好吗？"

"空间里有。"

"我不想看那些，那是所有人都会看到的，而且只有两张，还是在同一个时间拍的。"

"抱歉，只有那些了。"我熟悉地回答。

"嗯……"后面加了一个委屈的表情。

这是最早我和蓝蓝在博客里的一些对话。我和其他人有不一样，不管有多么大的名气或者多么尊贵的身份，我会回复每个人在我博客或者空间的留言与评论。小染是一个心中有爱和热爱生活的人。正是因为我的爱，成就了这一段不可思议的感情。我的博客是娱乐博客，不会放太多私人的东西上去的。

"小染，你在做什么呢？"蓝蓝在电话那头问。

"写东西呢！"《染月无痕》是我最近在写的一本书。关于染和月的。

"你明天要去上课吗？我带你去找上课的教室，你刚回来很多都不熟悉。"

"好啊。"

"那我明天去接你吧？告诉我你住在哪里哦！"我可以听到蓝蓝在说这句话时候的激动和欢乐。

"静海公园，二栋，二〇六。我住在这儿，但是你明天就不用来了，怎么着也不能让你来接我啊，哈哈。我自己能找上的，你放心吧，海灵又不是纽约，我怎么说也是中国人嘛。"蓝蓝不知道我的过去，不知道海灵是我的家乡，而她只是一个来这里上大学的外地人。

"嗯，那行，明天学校见。早点睡啊，染，晚安。"

"晚安。"我顺手把手机扔到床上。

《染月无痕》已经写完了，我回国之前就一直在写，只是一直缺少结尾，今天我把结尾补上了。

躺在床上回想起《染月无痕》里面的情节。其实写的就是蓝蓝和小染的故事，我只写到了他们的网恋和相遇。小染焦灼的等待和渴望，那种隔着太平洋的相思之情所带来的难捱与无助。蓝蓝的美若天仙，举手投足都让人心向往之。他们最终相遇在某一个黄昏，他们的感情唯美、浪漫。或者有一天我会写《染月无痕》的下部，写他们的相恋和别离。

"在与小染一起的这个半个月里，蓝蓝感觉到，他不是她之前所认识的那个小染。面前的这个小染，没有了往日对自己的热情与迷恋，没有了每天喋喋不休的问候，和一有时间就找她说话的耐心。她开始为自己的行为感到恐惧，她觉得自己怎么会与一个之前素未谋面的人，或者说是一个'美国人'产生爱恋，而且可以彼此相见，近在咫尺之间。她觉得这一切像是一个梦。

　　"最近，蓝蓝在看一本青春小说《染月无痕》。封面是黑蓝色的背景下，一弯残月当空，几瓣碎裂的花朵在空中旋转着飘落。《染月无痕》的作者署名是墨染，他的青春小说充斥着中国当代的小说市场，每一本新书的上市销售都会登上畅销榜首位。《覆水难收》、《青春如花你如雪》、《十九度的阳光》等都是蓝蓝看过的他的小说，也是一次次刮起青春小说旋风的书籍，墨染像以前的郭敬明、韩寒一样是青春文学的标杆，只不过墨染比他们更青春。而这本书的封面是蓝蓝最喜欢的一个。

　　"在蓝蓝心里，墨染是一个偶像级人物，遥不可及。"

　　这些是我无意中在蓝蓝空间的私密日志中看到的。

　　"小染，有一本小说叫《染月无痕》，是墨染最近刚刚上市的青春小说，我这几天在看。小说里的情节让我深深地感动，每一幕都仿佛似曾相识。就好像墨染一直跟踪着我的生活，他把我们的故事写了出来，我从他的书里更清楚地体会到了你当时的那种心情。有时间，我想把它带给你看一看，好吗？"

　　今天是周六，我照旧在六点四十六分钟的时候醒来。我拿起手机看到了蓝蓝发来的这条短信，显示的时间是凌晨两点十五分，那个时候我正坐在电脑前面写一篇叫作《只爱夏花》的散文诗。在蓝蓝的印象里我一直是一个只写诗歌、散文和散文诗的文学青年。在她现有的概念里我是没有写过小说，也是不会写小说的。

　　我回给她一行字：早安，下午我去找你。

　　海灵的南湖是夕阳最美的地方，我拉着蓝蓝的手走在人群中，宁静、柔软的思绪，没有一点不单纯的意念。在回国的这两个月里，我渐渐感觉到自己以前错乱了对蓝蓝的感觉。她的出现只是在消减我的相思和寂寞，填补了我心中对故乡的空缺，充当了我内心世界对外言说的对象。一个中国孩子在美国生活，一个人永远摆脱不了孤单落寞。当蓝蓝无意中撞进我的生活，就成了我心底深深的依恋，我把她当成恋爱一样经营着。因为从某些地方上看，她比别人懂我。

南湖有很多漂亮好玩的地方。我们在时光的静谧中忘记了时候已经是晚上十点多了，在南湖旁边一家川菜馆吃了晚饭。十一点了，学校宿舍每天晚上都是这个时候准时关门的，蓝蓝回不去了。她在我家住了一晚上，看得出她白天玩得很累，晚上睡得很香，我则在阳台上看了一晚上的星星。那些闪烁的星斗，它们仿佛都是母亲的眼睛，让我想起了母亲，想起了十二年前的那个黄昏。

飞机降落到了洛杉矶机场。蓝蓝说："美国会是什么样子呢？"

"等走出机舱你就知道了，其实也就是人们的日常生活。"

"哇，好大啊！"蓝蓝在走出机舱的时候吼道。

我很无语，其实这个机场还没有我们在北京起飞的机场大！蓝蓝这样的行为我都是可以理解的。出门都有新奇的感觉，有时候会混乱了判断力，更何况是飞越太平洋穿越了国界。蓝蓝对我说她从来没有想过自己会能出国，而且这么不可思议。或者她真的还不明白，这个世界本来就是一个不可思议的世界。

在美国的时间里，十二天，我和蓝蓝保持着距离，我从来没有一点非分之想。蓝蓝比我大一岁，其实也只是几个月了，但我一直觉得自己是不喜欢比自己大的女孩子的。我带着蓝蓝去了这十二天能去的所有的地方，蓝蓝玩得很快乐，时间过得很快，生生死死也是一转眼的事情，更别说回国了。我带蓝蓝出国，只是心存感激，觉得她带给了我太多东西，那些都是心灵上难得的慰藉，是可遇而不可求的。我也是帮她圆她的那个出过的梦想，或者在不远的将来她自己也会让梦想变成现实，而我只是让它来得早些罢了。

回国的飞机上，我和蓝蓝说了很多。我隐隐看到，她的眼里含着泪水。

"蓝蓝，我们之间应该是一种超越友谊而存在的感情！"我默默地说，凝眸看着蓝蓝的眼睛。

"是啊，我们不是一般的朋友，我喜欢你，你也喜欢我。"蓝蓝天真、可爱，满脸柔情似水，搅得我心中一阵疼痛。但是不能因为这样就模糊了彼此之间的关系。

"我是说……是说……"我哽咽了，不知道该如何言说，感觉自己很自私，或者会是一种伤害。这段日子里，我清楚地感受到了蓝蓝对我的依赖，她对我的感情是爱，是爱情，而且爱得刻骨铭心。

"小染，你怎么了啊？要说什么呢？"蓝蓝一脸疑惑地问我。

我转过头，再也不敢看她的眼睛了。亲爱的蓝蓝，我想把你叫姐姐，我们之间没有爱恋，之前是我们错乱了对彼此的感觉。而我怎么也说不出口，仿佛只要一说天就会塌下来一样。

"十二年前的这个时候，我的妈妈死了。"

蓝蓝对我的这句话感到无比惊讶，她瞪着眼睛看我，一种悲哀和怜惜在眼睛中动荡，我能清楚地感觉到那种无法言说悲伤。她沉默了。

"其实，我回国之后才渐渐感觉到，是你填补了我心中的很多空白，包括这份确实的母爱，所以我觉得你像一个姐姐。"

"蓝蓝，我们之间没有爱恋。"我紧接着冲动地说。

我说完这句话的时候，蓝蓝眼神异样，表情惊讶地看着我，仿佛我是从外宇宙来到这个地方的新型人类。我顿时间不知所措，感到自己像犯了罪一样无可奈何。

蓝蓝点点头，更沉默了，我们彼此都心领神会。而我却感到深深的内疚。此时的飞机已经飞回了国内，飞到了海灵的上空。海的天空，晚霞织锦，美奂如梦。金色的夕阳，给整个海灵市涂上了金色的光芒，昏黄的世界，仿佛一切都在对着天空默哀。

突然之间，飞机开始上下颠簸、左摇右晃，像地震一样整得我们坐立不安、心惊胆战。我们意识到飞机遇到了故障。乘务长呼喊大家跳伞的声音传来，可是已经来不及了，飞机飞一般朝地面冲去，底下就是我的海灵……

当我醒过来的时候，全身麻木，被捆绑一般动弹不得，我看我到得全身上下都是白色的绷带，这让我感觉到我还活着，这是一件值得庆幸的事。爸爸告诉我，那个叫蓝蓝的女生失踪了。我在电视上看到关于这次空难的报道，主持人说"本次事故，飞机上一百二十名乘客，十名乘务人员。只有四人幸存，其余全部遇难。"他说的是驾驶员跳伞成功安全脱险，两名空姐和一名乘客重伤，正在海灵市人民医院接受治疗。

此时的窗外，是海灵的黄昏，夕阳缓缓落下。爸爸帮我办理了转院手续和退学手续，飞机带着我从太平洋上空飞过……

思念唐山

雨婷走了已经三个多月了，我每天都会想起她。总觉得她带走了我的灵魂，见不到她的日子，我连该怎么生活都不知道了。

我们彼此很少联系，她和我都是不喜欢缠着对方的人。应该是我们都知道，不管多爱，都要给彼此留下属于自己的时间和空间，那样的爱才能真正的长久。

今天晚上，她给我打电话的时候。在电话那头，她哭的声音，让我心疼。我想长出一对翅膀，立刻飞到唐山，飞到她身边去。"亲爱的雨婷，你到底怎么了？"我心里一遍一遍地念着。

"怎么了，宝贝？"我一遍接着一遍地问。

雨婷久久都不曾作声，只顾默默抽泣。

我满心焦虑，站在阳台上，猛得推开玻璃，满眼泪花。

这还是雨婷第一次让我如此揪心。我不知道她怎么了，她离我那么远。这样的她让我不知道所错。

"亲爱的，你不可以有事。是想我想得吗？那我明天就去看你，好吗？"

…………

我的话语在一个人小声的哽咽中，陷入无边的沉默。

雨婷是唐山人。关于她家庭的事情，我只知道这些，只知道她是唐山人，还有他的爷爷是在唐山大地震中去世的。我觉得雨婷的家庭一定是幸福的，她也像我一样是家里的独生子。

自从我知道雨婷是唐山人之后，唐山就成了我的故乡。我爱她，一如爱着我的汉水谷地，那谷地旁的望江楼，那望江楼下的一江碧水。我总是在想，等有时间了，我就带她去我的家乡，去汉水旁，去望江楼上……我觉得，那是一个充满诗情，而且惬意的地方。

可是两年了，好多次机会都悄悄从我的身边走过。在三个月前雨婷大学毕业，她回家了。去火车站送她的时候，我们微笑着道别，她拉着我的手不肯松开，却没有说一句忧伤的话，只是不住地告诉我，等她。

雨婷知道我经不起离别，禁不住那份伤感。她在我的面前微笑着，转身走上车后，自己一个人泪如雨下。有一天我登录她的QQ号上传相片时，不经意间在私密日志里面看到了那篇日志，二〇一一年六月六日那篇没有标题的日志。

我坐在电脑前，显示屏像被锐化了一般。

雨婷是我的学姐，二〇〇八年考入西安大学的，就读旅游学院。长得水灵，模样楚楚动人，一入学就被万恶的学长们盯上了。

我是西安大学二〇一〇级旅游学院的新生。报道那天在火车站的新生接待点，是雨婷给我做的登记。我走出火车站的时候，已经是晚上九点多了。剩下的是最后一拨接站的学姐学长，不到一个小时他们也要撤了。

坐在去学校的汽车上，就有学长给我推销什么英语报四级必备，什么计算机培训班二级必过……

雨婷说："不要听他们胡说。"然后就没有再理我了。

一直到学校下车的时候我们都没有再说话。

我坐在座椅上，她一路站在我的旁边站回来。因为我是新生，她显得很客气。而前排的椅子上坐着接站的学长，他们嬉皮笑脸的，口中的话语让我感到惊恐，让我有点怀疑我是不是在被接去大学。幸好有这样一位看着让人踏实的学姐站在我面前，这样的念头才得以打消。

下车之后，接站的学长学姐都四散离开了。

偌大的校园，我不知道该往那边走。

高大的树木，宽阔的道路，两旁的路灯光朦朦胧胧显得不清晰。周围都是楼房，一样的建筑风格，一样的颜色，一样的陌生。

我第一次站在这样的校园里面，第一次被这样的灯光和环境笼罩，第一次如此远离家乡，第一次在这么晚站在一个未曾触及过的地方。

我迷失了方向。

"你怎么了？"

"呃、呃……"我最终还是没有说出话来。

"我带你去新生公寓吧，先去新生公寓一楼大厅注册，到仓库领取被褥，今晚你就可以在宿舍住了。"她在朦胧的灯光中，样子显得那么温柔。大学瞬间在我的心中多了一丝美好的感觉。

"嗯。"我冲她笑了笑，点了点头。

她礼貌的还我一个微笑，转过了身边走边说："我们院的男生住五号公寓，就在前边右拐就是。"

我叫黎雨婷，是〇八级的，跟你一个专业。有事可以给我打电话，你记一下我的手机号吧。

她把我送到公寓楼门口说："这是男生公寓，我不可以进去，你自己进去吧，我先走了哦，拜拜。"

"拜拜。"我笑着点了点头。

这样的话语，我在高中几乎是不会用到的，我们那里的人都没有这个习惯，我也没有。不敢相信，自己今天竟然说得这么自然。

我想这应该说明我已经是一名大学生了。

我把一切都忙完的时候，已经快十一点半了，沉重的身体平躺在床上却没有睡意。一动也不想的，眼前浮现着一个身影，我知道我入迷了。

妈妈打来的电话把我从幻境中带回宿舍的床上。向她报告一切都已安顿好，她再三叮嘱日常生活，好久之后挂断电话。

我竟发现，眼前的她还在。

"雨婷学姐，谢谢你今天的帮助。我是一〇级新生夏小年。早点休息，晚安。"这条短信，反复编辑多遍之后，一不小心按下了发送键。我不知道我是不是做错了，心里忐忑不安。

"小年弟弟，早点休息吧。很晚了，明天你还有很多事情要忙呢。晚安。"

收到短信。我更加纠结了，本就在纠结她会不会回短信呢。我再三思考也没有决定要不要回短信，最后不知不觉抱着手机睡着了。第二天醒来的时候，是在被窝里找到的手机。去发现有一条未读信息：

"小年，早点起床。不要吃早餐，先去卫生所体检（人很多，要排队，所以早点去最好），然后去报名，各个部门都要去盖章，不要着急一个一个找，找不上的可以给我打电话，或者问旁边的同学。"

我在手机上键入一个"嗯"，实在不知道该再说什么，就发了过去。她没有回短信。

报名那一天，忙得不可开交。虽然中途有很多地方找了很多遍才找到，学校实在太大，但是我却没有记起给她打电话，也没有去问其他人，都是自己一个一个找过来的。

忙的时候，我总是习惯自己一个人做事，从不去麻烦别人。

那一夜，我早早地睡了，累得一点力气也没有。把手机调到静音，因为我晚上是从来不关机的。第二天醒来的时候，天还没有亮，五点多的样子。我在手机上发现了十几个未接来电，有妈妈打的，有高中的好朋友打的，有姐姐打的，他们都是一连打好几个，还有一个是雨婷的，而她只打了一次，是所有人中最后的一个。

雨婷是我在这所学校认识的第一个人，也是唯一的。

从小到大，我一直是恋家的孩子，在一个新的陌生的地方，需要有熟悉和温暖才能好好生活。我希望她能给我留在这里的勇气，至少是不要让我留在这里感到寂寞和无奈，至少是在我空闲的时候有人可以找。

"如过说人的生命，要被改变才能成长，那么我的生命在来到这个城市之后一定会被改变的。"我把这句话发在QQ空间说说上，新的一天、新

第六辑 青春无悔

的起点、新的生活，都在这条说说之后开始了。我期待着，未来的日子里究竟会发生什么。

朋友或者爱情。

九月的阳光温暖如春，我站在操场上晒太阳。这是我一贯的爱好，从小到大都喜欢去做的事情。看到雨婷远远地从我的眼前走过去，走进了旅游学院的教学楼。我知道她去上学了。这个时候，我不能打搅她，她也不会打搅我，我们谁都不愿意去打扰谁。不管怎么说，十年寒窗不能白费，大学的学习还是不能少的。

大一的时候，我的课时很少，一周十节，雨婷的课比我多很多。

我很闲，她很忙。

我每天上完早操都能见到她在操场旁边提着早餐等我，然后我带着早餐回宿舍，她去教室上课。从不多说什么，简单的几句话就结束了。我知道，爱就这样默默发展着，直到有一天，我再也离不开这平平淡淡的早晨了。

雨婷总是不忘提醒我，多出去走走，锻炼锻炼。我体质很弱，她知道的，也只有她是知道的。

军训期间一场高烧四十一度，整个人几天缓不过来血色。由于中秋节在军训期间，雨婷曾代表旅游学院全体师生看望军训新生，这一切被她看见了。她离开军训基地之后，天天打电话问我的情况，有时候还打给宿舍另一个同学。我第一次被这样陌生的温暖感动着了，感动着。

我天天在想着这份感动，想着怎么才能让她永远，想着怎么才能永远不会让她受到伤害。

平日里，我们一起吃饭，一起去图书馆。我陪她去逛街买衣服，她陪我去滑旱冰，去打篮球，去校园里散步。在我的记忆里，雨婷从来没有和我吵一次架，从来没有对我说过过分的话。而我，却总是把自己的烦恼带给她，她没有厌烦过，总是默默倾听着，默默分担着，默默陪伴着我。

终于，这一切，都形成了依赖，我的生命中不能没有雨婷了。

美好的日子总是转瞬即逝，很快，几乎没有什么感觉，雨婷大学毕业了。雨婷大四实习期间，一有时间就会来到学校看我。大四那年的国庆节，雨婷带我去了唐山。我曾去过唐山，雨婷还没有去过我的汉水之滨。

唐山让我喜欢，不管是街道还是建筑看着都很顺眼。也许在别人眼里，唐山根本没有什么好看值得留恋和记忆的地方，但是对我来说，她永远有着非常深刻的意义。想去一个地方是因为想见那里的人，喜欢一个地方是因为喜欢那里的人。因为雨婷，我想我会永远爱着唐山，爱着那被大地震伤害过的土地。

从我大二开始，唐山就让我日思夜盼。因为雨婷是回去家乡实习的，她以后就要在唐山上班了。而我还在上学，还有两年才能毕业。

我今年大三，雨婷已经开始上班了。以后的日子里，我们注定相隔异地，思念将伴随着我们度过每一个日日夜夜。没有什么能经得起时间的消磨，我担心我们之间的感情会就这样被时间消磨干净，连挽救的余地都不会留给我。

雨婷昨晚打来的电话，似乎是一种极其不祥的前兆。她的哭声让我心如刀绞，可是距离遥远，一切我都无能为力，只能给她言语上的问候和安慰。这样的感情，本身就是一种痛苦，雨婷能一直坚守着让我感动，觉得难得，心底更坚定了对她的爱。

一整晚我都没有合上眼睛，第二天等到天亮急忙打电话过去，雨婷的电话一直通着，却一直没有人接。

我慌了，心急如焚。买了当天的火车票，火急火燎去了唐山。一路上站过去，脑子里只有一个念想：雨婷，你不能有事，我现在就来找你。

可是一路上，雨婷的电话我再都打不通了。

"对不起，您所拨打的用户已关机。"电话里无限次重复的声音，让我想撞死在火车里。

到了唐山之后，当我走出火车站后，整个人茫然若失，不知道该往哪里走。夜晚的灯火，让人头脑发晕。眼前的唐山这么大，我却不知道雨婷的家住在哪里，我该去哪里找她啊！

我去了去年国庆节雨婷带我去的那条街。现在才知道，关于唐山，我只知道那一条街，关于唐山的雨婷，我连什么都不知道。

黎明的曙光微微升起，可是黎雨婷你在哪里，你知不知道我在寻找你，我在你的城市、在你的眼前，也许我们仅有一墙之隔，也许我们早已隔在两个世界。

唐山的街道开始喧闹起来，整个世界人来人往，唯独没有雨婷的身影。经过一家报刊亭的时候，我仿佛看到了她的模样，可那个报刊亭的老板分明不是雨婷。雨婷身材苗条，举止大方，气质优雅，那家老板山一样的身体，目光呆滞的表情，怎么能与雨婷相提并论。

我看了一眼走过去，不想再在她的面前停留，可是我分明看到了雨婷，甚至我还看到了她的名字……

急促的电话铃声响起，一条新短信。一看是邮件提醒：您有一封新邮件，请注意查收。发件人的署名是黎雨婷。

我急忙找到一家网吧上网。打开邮件之后，眼前的文字让我的双眸泪如泉涌，我觉得这个世界都要灭亡了。

亲爱的小年：

亲爱的小年，我知道，你会来的。而你来了，我却不在了。真的对不起，我不想离开你。可是，我活不下去了。我不想也不能把我一生的耻辱带给你。

爸爸为了升官可以放弃一切，妈妈为了钱早已什么都不在乎……那天之后，我再也不是曾经那个纯洁的黎雨婷了。他是省厅的干部，而我却被爸爸妈妈告知嫁给他那没有智力，不能自理生活的儿子。被带去他家吃饭，吃完饭后爸爸妈妈都走了，说是让我留在他家里陪他的儿子，反正迟早有一天我是他儿子的人。而那天，我只见到了他……

…………

我把这封信连同对爸爸妈妈的不满，写了邮件发去报社了。

小年，忘记我，生命依旧美好。我知道你能做到的。

黎雨婷亲笔

二〇一一年十月十七日

时间可以消磨一切，唐山只是我的思念。